曾異 繪
黃泉委託人
逆天行動

逆天行動

人物簡介

謝任凡

二十九歲，身高一百七十幾公分，一名看似平凡的男子，在黃泉界卻有一個響噹噹的名號——「黃泉委託人」。在陰年陰月陰日陰時陰分陰地出生的極陰之子，擁有強大的靈力與陰陽眼，藉著自己的能力，替鬼辦事收取酬勞為生。擁有兩個鬼老婆，並能與鬼稱兄道弟，卻不擅長與人交往。

小憐、小碧

兩人原為黑靈，現年約四十五歲，外表則維持在死時十八歲的青春美貌。在任凡的感化下，化解了兩人的怨氣，並一起成為任凡的妻子。兩人互認為異姓姊妹，比較成熟嫻淑的小碧是為姊姊，而比較俏皮可愛的小憐則為妹妹。

撚婆

年約七十，個子嬌小而法力高強的法師。為了學習法術，選擇了孤老終生作為代價，是孟婆在人間十三個乾女兒中唯一仍在世的。獨自撫養任凡長大，是任凡在人世間最為親近的乾媽。個性直來直往，退休之後獨自一人住在山區，過著簡樸的生活。

孟婆

撚婆的乾媽，任凡的乾奶奶，也是眾所皆知的遺忘之神，常駐於地獄的奈何橋邊。沾一滴孟婆所熬煮的孟婆湯，便能遺忘過去所有的記憶，方可投胎轉生。然而喝多了孟婆湯，則在重生後也無法記住事情，變成俗話中的白痴。

葉聿中

職業鬼差，穿著與黑白無常類似的服裝，人模人樣的外表下，卻有著讓人一看就知道不是人類的恐怖表情。與任凡是舊識兼死黨，平時看似個遊手好閒的賭徒，必要時卻是個值得信任，經驗老到的鬼差。

易木添

三十七歲，身形單薄，眼神卻透露出氣魄的法師。自小被廟公收養，聽遍天師黃鳳嬌（撚婆）的鬥法故事，以成為像天師一樣的高人為目標。自稱是任凡的宿敵，也視任凡為自己的唯一宿敵。

白方正

三十一歲，擁有將近兩百公分，及近百公斤的高大壯碩身材，與外型相反的，生性十分怕鬼。操守中正，個性中規中矩，正義感十足。在與任凡結識後，意外的透過鬼和任凡破了許多棘手的案件，因而搖身變成警界最炙手可熱的超級救世主。

爐婆

撚婆的師妹，五十幾歲的年紀卻很時尚，三不五時還會烙英文。法力不凡，卻因為曾經說實話得罪過人，自此之後抱著遊戲人間的心情。曾經因為某件事情被逐出師門，由於撚婆的挺身而出，對撚婆充滿敬意。在任凡的一次委託中，成為了方正的乾媽、旬婆的乾女兒。

旬婆

數萬年前，在地獄與孟婆相爭失利，因而不被世人熟知。常駐於與奈何橋相對的奈洛橋邊，並研發出能破解孟婆湯的旬婆湯，喝下肚便能讓人記憶起前世因緣。與任凡交換條件，達成協議後，方正被迫成為她在人間界的乾孫子。

借婆

陰間的大人物，與孟婆、旬婆並稱黃泉三婆。手持有顆八卦球當杖頭的八卦杖是她的註冊商標。相傳每兩個鬼魂中，就有一個欠債於借婆。是黃泉界的大債主，也是唯一可以插手因果的人物。與任凡因緣匪淺，在任凡不在的這段時間，擅自住進任凡的根據地。

張樹清

生前為方正在警界的大前輩，是名高階警官，死後則變成菜鳥鬼差。現年約五十歲，容貌則維持在死時四十五歲的模樣，除了穿著鬼差的制服，在其他地方看起來不過像是個膽怯老實的中年男子。與自己在世時眾多同居人之一的芬芳冥婚，過著分隔陰陽兩地的幸福生活，並努力學習當個稱職的鬼差。

溫佳萱

二十九歲，才貌兼具，年輕有為的女法醫。從小就擁有陰陽眼，在突破恐懼後比一般人更堅強，更有勇氣，也以自己的職業為天命。揭穿方正破案的手法後，成為其搭檔似的存在。

伊陸發

黃泉界陰氣最弱的鬼魂之一，不管身為人還是鬼都一樣坎坷平凡，為了扭轉自己的命勢，決心在此生輪迴中，幹出驚天動地的大事，讓自己的人生可以掀起些許波瀾，不再平凡。

石娐楓

方正特別行動小組第一組組長。擁有邪性的美，可以讓沒有陰陽眼的人意亂情迷。也因為這樣的美，給她的人生帶來許多的困擾，所以在一般時候總是將自己包得密不透風。做事認真，個性內向，也因為長相之故，常常招致同性厭惡。

嚴紓琳

方正特別行動小組第二組組長。對於任何案件，有超乎常人的執著，因此在警界被人稱為「背後琳」，是方正特別行動小組中，最具代表性的人物。在飛頭鬼火案中，差點喪失了性命，但是也因此結識了現在的交往對象，黃松造。

鄭棠火

方正特別行動小組第三組組長。因為曾經被母親施法的關係，身體的陽氣沒有辦法阻止鬼魂入侵，導致有許多鬼魂居住在他的體內。在一般人的眼中，他就像是有多重人格的頭痛人物，但是受到了方正的信任，因此就任為特別行動小組第三組組長，與阿山從警校就是摯友，感情非常要好，只有阿山才能分辨這些居住在他體內的靈體。

莊健山

方正特別行動小組第四組組長。在充滿迷信的家庭中長大。有點吊兒郎當的個性，卻又有一堆奇怪的推論，常常讓方正與佳萱不知道該怎麼跟他溝通。與其他人不同，有屬於自己的一套邏輯。

楔子・遺憾

青天白日滿地紅的國旗，覆蓋在棺木上。

天色陰沉，現場的氣氛哀戚。

一直以來都沒有制服的方正特別行動小組，清一色全穿上了黑西裝白襯衫。

半個月前的一場惡鬥，第一小組的隊長石娖楓遭到歹徒射傷，經過三天的搶救，最終宣告不治，因公殉職。

這是方正特別行動小組成立以來，第一位殉職的警官。

說來諷刺，就連有橫禍命的阿山都能度過難關，楓卻沒有阿山的幸運。

今天是楓出殯的日子，方正帶著全體行動小組成員，到殯儀館送楓最後一程。

隊伍中，小琳神色憔悴、一臉慘白地立於其中。

楓在醫院的最後那幾天，小琳寸步不離地守著她，就連楓嚥下最後一口氣時，也是小琳在旁緊緊握住她的手。

除了方正特別行動小組之外，警界高層與不少分局都派代表前來表示哀悼之意。

因此來參加這場喪禮的人為數眾多，將整間殯儀館擠得水洩不通。

最傷心的當然莫過於方正特別行動小組。

除此之外，站在整個隊伍最旁邊的另一群人，格外引人注目。

不代表任何單位，私下主動前來的他們，全都穿著黑色風衣、戴著口罩，且清一色都是男性，還哭得比其他人都要慘。

他們之中有些是沒被選中當代表過來致哀的現役以及近期退休的警員，但是絕大多數竟然都是曾經坐過牢的囚犯。

許多前來悼念的人，都不知道這群人的來歷，只是私底下竊竊私語。

只有方正特別行動小組的成員知道，這些人都是看過楓的臉孔，從此拜倒在她石榴裙下的男子。

他們穿上了楓最常穿的衣服，來表達自己對楓無盡的思念。

也因為他們的哭聲與哀號聲四起，讓人感到更加哀戚。

而曾經很照顧楓的學長，在知道楓因公殉職之後，對自己過去的態度懊悔不已。

因為這時他才深深了解到，原來楓還是以前那個認真拚命、為警界付出一切的好學妹。

他覺得自己沒有臉前來見楓最後一面，只寫了封信送到方正特別行動小組，希望他們燒給楓，以表達自己的歉意。

方正站在最前面，帶著眾人進行哀悼的儀式，手中緊握著楓的學長交給他們的信。

我錯了嗎？

看著楓的遺照，方正不禁捫心自問。

如果不是自己的徵召，楓說不定已經離開警界，也說不定嫁了個好人家，過著幸福快樂的日子。

然而就是因為方正的徵召與訓練，讓她成了警界的風雲人物，然後換得這麼年輕就香消玉殞的下場。

楓過世之後，這個問題就一直縈繞在方正心頭，日以繼夜，就連睡覺都會被惡夢驚醒。他找不到原諒自己的理由，更找不到一個合理的邏輯，來為自己的行為辯解。

站在方正身邊的佳萱，看著楓那張經過特效處理的黑白遺照，想起在喪禮前，眾人為了遺照而頭痛不已。

不同於一般年輕貌美的女性，楓幾乎沒有拍過照片，所以他們只能拿當初楓加入方正特別行動小組時，拍下的大頭照當作遺照。

這是楓沒有蒙面的照片，因此他們擔心可能會造成影響，所幸楓那致命的魔力，似乎在她過世之後，就失去了效力。

照片中的楓，有張美豔的臉孔，卻掛上了略顯僵硬的微笑。

這張照片，小琳一點也不陌生，因為在拍攝當時，小琳就在現場。

「拍張照而已，妳好龜毛喔！」看著彷彿鬧彆扭不肯拍照的楓，小琳笑罵道。

「可是……」楓欲言又止。

當然，當時的小琳並不是十分清楚楓的狀況。

她只知道為了從來不拍照，也不知道怎麼面對鏡頭的楓，她可是費盡苦心在負責拍照的組員身後，極盡搞笑之能事，才逗出楓臉上那尷尬又僵硬的微笑。

回憶在小琳的心中激盪，化成兩串淚珠掛在她的臉龐。

在小琳身邊，哭得比她更慘的是小琳的男友黃松造。

畢竟對他來說，楓等於是他的救命恩人。

如果當初楓沒有把自己的特製超薄防彈背心給小造，小造很可能在被歹徒抓到時，就被發現身穿防彈衣。

想當然耳，最後壞人開槍射擊小造的時候，在缺少防彈衣保護的情況下，此刻的這場喪禮很可能會變成是為小造舉行的。

除此之外，也多虧了楓背心裡的衛星定位裝置，才讓小造的夥伴，快速找到小造，將他救出來。

只是這個代價，就是楓的喪生。

小造的耳邊，一直都是楓最後跟他說的話。

「不要……辜負我的好友喔。」

小造在醫院中，也低著頭許下承諾。

「我不會辜負的，我不會辜負的。」

這些都彷彿燒紅的烙鐵般，深深烙印在小造的胸膛。

站在小造與小琳身後的，是昨天才從重度療養院出來的阿火與阿山。

昨天，在方正批准阿火出院時，竟然在重度療養院裡，也看到了阿山。

方正冷冷地問阿山：「你為什麼也在這裡？」

「這個、那個，」阿山眼神飄向右上方，一臉尷尬地說，「就有一天晚上啊，我的傷口好像惡化了，很痛！痛到我暈過去，誰知道第二天醒來，我人就在這裡了。」

方正面無表情地凝視著阿山。

「哈哈，呵呵，大概就這樣。」阿山尷尬地乾笑著說。

「我再給你一次機會，」方正目光如冰刃，直刺阿山的心窩，接著緩緩地說，「如果你真的是在無意識的狀況下進來的，為了你好，我就不能讓你出院，所以——」

方正話還沒說完，阿山立刻站直身子，大聲且恭敬地說：「是！隊長！我是裝的！我真該死！我知道錯了！」

方正聽了，板著臉瞪著阿山，臉色說有多臭就有多臭。

「別這樣嘛，」阿山求饒道，「隊長，你也知道，當病人很無聊的。剛好阿火也在療養院，我想說這段期間，兩人可以一起養傷，傷也會好得快一點啊。」

「經過了那麼多事情，你怎麼還是這麼吊兒郎當？」方正無奈地說。

很清楚方正個性的阿山，平日再怎麼散漫不羈，這時也只能低著頭表示懺悔。

方正重重地嘆了口氣，沉吟良久才沉痛地說：「楓走了。」

阿山與阿火聽了，先是張大雙眼看著方正，然後互看一眼，緩緩點了點頭。

「果然。」

「唉，想不到是真的。」

聽到他們這麼說，方正皺著眉狐疑地看著兩人。

「昨天，她來看過我們了。」阿火解釋道，「我們還以為是看錯了，因為楓老是蒙著臉，昨天來的時候，她沒有蒙面，我們反而認不太出來，所以有點存疑。」

方正點了點頭。

「隊長，對不起。」阿山用力地向方正鞠躬說，「我知道錯了，拜託，讓我出院。我想送楓最後一程。」

就這樣，差點困在重度療養院的阿山，也帶著隊員來到殯儀館，一起送楓最後一程。

楓的雙親早把這女兒當成累贅，自然沒有出席這場喪禮。

就算小琳已經再三通知，仍然沒有半個家屬到場。

這除了讓方正更加心疼外，他也必須堅強地主持完整個喪禮。

在誦經師父們的帶領下，眾人扶著棺木準備將楓送入火葬場。

這時，方正特別行動小組的成員間，突然有了一陣不小的騷動。

其他人都不知道怎麼回事，還以為是因為習俗上，當大體要送進去火化時，親朋好友都會對著火爐呼喚，希望往生者可以快跑，火要來了。

可是他們不知道的是，方正特別行動小組之所以產生騷動，是因為楓來了。

已經變成鬼魂的楓，不再穿著以往那件大風衣，也不再蒙面。

她站在自己的棺木上，向為了她的離世而哀慟的行動小組揮了揮手。

眼看楓竟然來參加自己的喪禮，讓大夥好不容易平復的情緒，又激動起來。

許多成員都抱在一起痛哭失聲。

楓卻有別於以往的冰冷，一直對眾人溫柔地微笑著。

「對不起。」方正用唇語對楓說。

楓搖了搖頭。

這時，楓的身後多了兩個黑衣裝扮的鬼魂。

這對方正特別行動小組的成員來說，一點也不陌生。

那兩個正是鬼差，是來帶楓下去報到的。

天下無不散的筵席，楓對著眾人揮揮手道別，臨行前，還特別看著小琳與小造，對兩人點頭示意。

就在楓跟著鬼差離去之際，所有方正特別行動小組的成員，紛紛對著楓說——

「楓隊長！一路好走！」

「楓隊長再見！」

「記得回來看我們喔！」

這些呼喚讓場面更加溫馨與哀戚，只是最後那句不免引來其他人異樣的眼光。

楓的大體進入火爐後，化為煙塵，宛如一條大蛇般，在台北的天空緩緩向上爬行。

在對面的一處高樓，有個人從一開始就一直看著這場喪禮。

這個人不是別人，正是黃泉界赫赫有名的大人物——借婆。

在楓被火化時，借婆不忍地閉上了雙眼。

就在這時，一個黑色的身影浮現在借婆身後。

那人與前去接楓的兩個鬼差衣著相似，可身上卻流露出一股至高無上的霸氣。

來者也是個鬼差，與那兩個鬼差不同的是，他是現在陰間所有鬼差的首領，也是黃泉界赫赫有名的鬼差——葉聿中。

「時間差不多了。」葉聿中靠近借婆，輕聲提醒著。

借婆點了點頭，舉起手來，無意識地掐起指來算了算。

驀然，借婆低頭看著自己掐起指的手，苦笑了出來。

曾幾何時，自己竟然也會這樣算起時辰來，這應該是「他」才有的習慣啊。

借婆抬起頭來，仰望著天空。

老伴啊，你看到了嗎？

我們當年許下的承諾，這就是我們的因果啊！

遙想著遠古的當年，借婆與老公曾經是一對法力高強的法師夫婦。

在村落中，他們是德高望重的法師，用他們的法力來服侍村落所信仰的神明。

村子裡，只要有人受傷生病，全都靠兩夫妻作法醫治。

然而，悲劇的是，他們唯一的骨肉，卻得了兩人無法治療的病。

痛苦又痛心的兩人，為了女兒祈求上天，希望看在他們服侍多年的分上，給女兒一條生路。

神明回應了兩人的祈願，但卻有個附帶條件。

為了救女兒，兩夫妻理所當然地答應了神明的條件。

就這樣，兩人的女兒得以康復，而後神明將兩個東西交給他們夫妻倆，借婆拿到的是八卦杖，而她的丈夫，拿到的則是蒲扇。

從此，兩夫妻展開了他們干涉因果之路。

而就在大夥沉浸在悲痛中時，她當借婆的這條漫漫長路，也即將畫下句點。

第1章・最後出擊

1

「哈、哈、哈、哈。」

寂靜的夜裡，迴盪在漆黑之中的，是少年亢奮的喘息聲。

「我做到了。」

「終於殺掉這個老頭了。」

少年在心中這樣告訴自己與「他」。

少年的手還在微微顫抖著，手中握著的那把鐮刀，仍兀自滴著鮮紅的血液。

那個與少年有血緣關係的祖父，被鐮刀開膛剖肚，倒在一片血泊中。

一切的導火線，就只是區區的三千元。

為了要跟朋友去唱歌，所以需要這三千元。

可是回到家跟祖父要錢，祖父先是說了一句：「我不是昨天才給你四千塊，怎麼花錢花那麼快？」

然後開始跟少年闡述賺錢不易，所以錢要花在刀口上這些道理。

「囉嗦耶！」少年不悅地反嗆，「要給不給一句話就好，不要一直在那邊跟我碎碎唸！」

被少年這樣反嗆的祖父，非但沒有發怒，還好聲好氣地勸說，年紀小，講話不要太衝動，但是這樣的言詞，只是讓少年更加惱怒。

「給還是不給？其他的屁話我不想聽。」少年下了這樣的通牒。

祖父考慮了一下，抿著嘴回了一句：「這次不給。」

「好！」

少年猛一轉身，怒氣沖沖地回到房間去。

少年走後，祖父嘆了口氣，想要去敲少年的房門，但是轉念想想，讓他冷靜一下也好。

只是，下一刻的發展，卻出乎祖父意料外。

少年再度開門，手上多了把除草用的鐮刀。

「幹！不要說我沒給你機會！是你自己找死！」

祖父回過頭，還沒搞清楚狀況，少年便朝著祖父的肚子，一刀揮了下去。

這一刀不但劃開了祖父的肚子，也將少年的人性徹底消滅，讓他走上一條人神共憤的不歸路。

可是這一刀完全無法消弭少年胸中熊熊的怒火，他早就看這老頭不順眼了，什麼都要經過他的同意，他以為他誰啊？

就像「他」說的，要成為眾所皆知的話題人物，最基本的就是要先擺脫束縛，只有大家追著你跑，沒有自己乖乖聽話跟在別人屁股後面的道理！

對於自己過去與祖父的生活，少年越想越覺得有氣，他朝祖父的肚子狂砍，一直到筋疲力盡為止。

而這一切就只為了區區的三千塊。

就在祖父身體不再抽動，徹底躺平之後，從少年眼中透露出來的是新生的愉悅神情。

其實，祖父只是想要稍微教訓他一下，讓他知道節制而已，最後還是會把錢給他。

畢竟羅馬不是一天造成的，這些年來祖父對他的溺愛，只要他多鬧幾下，或者是多找幾個藉口，祖父就會乖乖掏錢了。

然而，因為他的反嗆，讓祖父興起了想要「教育」他一下的念頭，萬萬想不到代價卻是大腸小腸流滿地。

在少年用鐮刀將祖父的肚子劃開之際，祖父仍然不願相信，他從小疼愛的孫子，怎麼可能真的這樣對自己。

哪怕在幾個月之前，少年才跟一些愛飆車的朋友，在公園圍剿一對情侶，並將人傷害致死。

為了讓「可愛的乖孫」得到最好的辯護，祖父才剛花了好大一筆錢四處找尋最好的律師幫他想辦法，力求讓他未來上法院的時候，不至於被判處重刑。

想不到，他們自稱是徵收戀愛稅的強盜殺人罪還沒進法庭審理，少年就犯下了極可能永遠改變自己一生、殺害直系尊親的惡行。

少年從小就是由祖父一手帶大，他的父親在欠下一屁股賭債之後，人間蒸發了。

祖孫兩人這些年來同住一個屋簷下，雖然說不上和樂融融，但也算相依為命。

但是今天，少年終結了這樣的關係。

「怎麼樣？我做到了。」

少年嘴角勾勒出一抹邪惡的微笑，對著黑暗的角落說道。

等了一會，少年沒有得到回應，剎那間會意過來，走到牆邊，將那一盞本來就很微弱的燈關掉。

屋內頓時陷入一片漆黑。

這時，原本應該只有少年一個活人的房間裡，竟然出現了另外一道笑聲。

「嘿嘿嘿嘿。」那聲音乾笑了幾聲對著少年說，「很好、很好。接下來就照我說的做，保證你會跟我一樣，在這世界上留下轟轟烈烈的事蹟。」

2

人活在這個世界上，到底是為了什麼？

有什麼樣的意義呢？

類似這樣的問題，幾乎大家都曾疑惑過。

然而，真正危險的並不是問題本身，而是在思索答案的過程中，可能產生的偏差。

畢竟，這可以說是一個非常鑽牛角尖的問題，不是所有人都可以從這個迷宮中走出自己的路。

這個弒親少年江前田，就是最好的例子。

江前田的人生一直都沒什麼大問題，除了與祖父相依為命之外，頂多就是不想讀書、不想上學。

這個看似沒什麼的大問題，還是得看個人的造化。「不會讀書」對有些人來說，只是童年的一種回憶；但是對有些人來說，卻是被歸類貼上壞標籤的開始。

對江前田來說，不喜歡讀書不代表自己不會讀書。

在他的觀點裡，跟其他人一樣，從小乖乖的到學校上課，就好像工廠生產出來的罐頭一樣，大家都毫無特色。

他不喜歡這樣。

他想要成為大家的焦點，他想要與眾不同，他不想要平凡。

但是江前田能夠引人注目的，只有調皮搗蛋而已，所以他也竭盡所能地發揮這個特長。

雖然在老師的眼中，他是個非常糟糕的學生，但是還不至於到沒救的地步。

後來江前田在網咖認識了一群人，這讓他的人生開始有了變化。

跟他們在一起，不管在哪裡，他們都是眾人目光的焦點。

他們可以橫行於社會的每個地方，不再受到束縛。

光是騎車看旁邊的人不順眼，就可以大剌剌地給他巴下去。

對方就算有任何怨言，光是眼神與飆車族的氣勢，任誰都只能摸摸頭自認倒楣。

就是這般聚眾胡鬧，讓江前田覺得自己與眾不同，高人一等。

那天，他跟這些朋友照往常一樣在街上橫行，來到公園附近看到一名甜美可愛的女孩。

大夥跟上去，想跟那女孩要電話。

誰知道那女孩到公園竟然是要跟男友見面。

他們打量了那個男生，長相平凡，看起來也不怎麼樣，竟然可以交到這麼可愛的女孩。

在大家起鬨之下，眾人將兩人包圍起來，吵著要徵什麼戀愛稅之類的。

其中一個少年想要摸那女孩的屁股，卻被她男友擋住。

「是怎樣，摸一下會少一塊肉喔！」那個沒摸到屁股的少年不悅地說。

「你們想幹嘛！走開！」女孩的男友緊張地叫道。

「幹！馬子那麼水，不跟大家分享一下，會有天譴喔。」

少年話一說完，亮出了藏在身後、握在手中，代表著「天譴」的木棍，在女孩男友面前晃了晃。

那女孩的男友看著眼前這群不良少年，遲疑了一會，猛然推了最靠近兩人的一個少年，並對女友叫道：「快逃！」

早已經被嚇傻的女孩，被男友這樣一叫，回過神來，轉身開始逃跑。

「幹！想當英雄咧！」

江前田與拿著木棒的同伴見狀，二話不說，立刻撲向男子。

「追啊！不要讓她跑了！」其中一名少年叫道。

被推了一下的少年才剛站穩腳步，立刻就朝逃跑的女孩追了上去。

只是女孩逃跑的速度比想像中還要快，不一會兒就跑到人群眾多的大馬路上，幾個追上去的少年見狀也不敢太囂張，便放棄女孩，掉頭回去圍毆她的男友，以洩心頭之恨。

先前看到兩人卿卿我我時鬱積在胸口的不快，這時真的可以宣洩個過癮了。

少年們一陣痛毆，等到江前田與同伴回過神來時，那個只是想要保護女友的男生，已經躺在地上，頭顱好像裂開的番茄般，淌出濃稠鮮豔的紅色汁液。

遠處傳來了警笛的聲響。

眾人聽到，立刻一哄而散，江前田也跟著幾個朋友一起溜了。

後來從新聞得知，那個保護女友的男生，送醫後不治身亡。

記者訪問死者的雙親，他們痛斥台灣的治安與那些下手的飆車族。

而試圖採訪女孩時，則被她的雙親婉拒，他們不敢讓女兒露臉，只代替過度傷心、害怕的女孩向男方家屬致意，並譴責那些少年跟禽獸沒什麼兩樣。

這樣的新聞立刻引發連鎖效應，就連政論節目也開始不約而同地討論起時下青少年的荒唐行徑，似乎想透過討論，找到一個可以讓社會大眾接受的理由和答案。

面對排山倒海而來的指責聲浪，一開始江前田還覺得有點驚慌失措。

但冷靜下來後想想，自己還未滿十八，再怎麼糟糕也不會被判死刑，他反倒覺得大眾這樣的反應太過冷淡。

可是其他夥伴可不這麼想，大夥決定避避風頭，所以暫時取消平常的活動。

江前田瞬間失去生活重心，即便夥伴們都各自躲在家中，他還是不甘待在家裡，跟那個煩人又老不死的祖父度過漫漫長夜。

他一個人漫無目標地在街頭閒晃，然後一場足以改變他人生的大事，就這樣降臨在他的生命中。

用一句話來解釋這個改變他人生的大事，就是他撞鬼了。

與其他撞鬼的人相同的是，在剛看到那個鬼的時候，他同樣被嚇到屁滾尿流。

甚至還誤以為那個鬼魂是被他們打到頭破血流的男生回來復仇，立刻跪在地上哭著求饒。

而與其他撞鬼的人不同的是，那個鬼魂只有恨意，卻沒有殺害他的念頭，甚至還安撫了他。

這個鬼魂並不是被殺的男生前來索命，只是一個充滿恨意的鬼魂。

鬼魂非常神秘，不願意告訴江前田自己生前的身分，只說自己不管在生前還是死後，都是個不得了的大人物。

因為被奸人所害，現在才會變得如此潦倒，躲在他們相遇的那間破屋中。

鬼魂告訴江前田，只要他跟自己合作，他們可以打倒那個奸人，並且幹下一場轟轟烈烈的大事，成為家喻戶曉的人物。

江前田認為這是一個非常好的機會，讓這個世界重新認識他。

而要幹下一等一的大事，就是要夠氣魄，下手絕對不能軟弱，別人越不敢做的事情，自己就越要幹。

在鬼魂的鼓勵與「教導」之下，江前田連續兩天找藉口跟祖父拿錢，只要要錢不成，就有理由殺掉祖父。

最後，他終於踏上了一條連自己都無法想像的道路。

3

楓的死，對方正特別行動小組來說，不管是心理還是實質上的打擊，都非常巨大。

喪禮結束後的第二天，方正將所有小組的成員，集合在可以容納所有人的本部大樓視聽室裡。

原本還以為，方正之所以集合大家，是因為楓去世後，行動小組勢必得要重新編排，沒想到方正卻宣布了一個驚人的大消息。

所有人聽到後，先是張大了嘴，然後面面相覷，不知道該如何反應。

方正只不過說了一句話，就已經讓場面騷動不安了。

「大隊長，不好意思，剛剛那句話我們沒有聽懂，可以請你再說一次嗎？」

其中一個隊員，皺著眉頭、一臉狐疑地問道。

「嗯，」方正點了點頭，又重複一遍：「我是說，其實我跟你們不一樣，實際上我看不到鬼。」

「哇！」阿山在台下張大了嘴巴叫道，「那大隊長你的症頭比阿火還嚴重，看不到的話，你不就等於老是在對空氣說話？」

聽到阿山這麼說，台下其他隊員都笑了出來。

的確，方正莫名其妙地這麼說，會讓所有隊員都難以接受。

畢竟教導他們利用陰陽眼來辦案的就是方正，如果方正沒有陰陽眼的話，這一切豈不成了笑話？

更何況，如果說方正沒有陰陽眼這件事是個秘密的話，那麼全世界他最難隱瞞的人，就是方正特別行動小組的成員了。

這裡全部都是有陰陽眼的人，當方正跟鬼魂講話時，角度或對話內容只要一有問題，他們怎麼可能沒有發現？

這也正是為什麼當方正這麼說的時候，沒有人相信的原因了。

「我知道了，一定是大隊長怕我們因為楓隊長的事情太難過，所以才特別說這個笑話來逗我們。」有個自作聰明的隊員這麼說。

方正搖了搖頭，要大家安靜下來。

等到大家喧鬧的聲音止歇，方正才緩緩地說：「我是說真的，當然，我知道你們無法接受這樣的事實，但我先天真的沒有陰陽眼，我之所以能看得到鬼，是有特別的原因。」

說到這裡，方正從懷中掏出一個透明的小瓶子。

方正舉起了這個空空如也的小瓶子對大家說：「這個空瓶原本裝滿了綠色的液體，是在幾年前一個友人送給我的。裡面裝的東西叫做『靈晶』，是只要像眼藥水一樣滴在眼睛或耳朵裡，就可以讓沒有陰陽眼的人看得到、聽得到鬼魂的東西。只要點上一滴，就可以讓我後天的陰陽眼維持幾個月的時間。」

大夥聽到方正這麼說，都是你看我、我看你，畢竟從來就沒有人聽過世界上有這種東西。

不管大家臉上狐疑的表情，方正繼續說：「不過，誠如大家所看到的，現在這個瓶子已經空了，換句話說，再過不久，我就會跟一般人一樣，看不到鬼魂了。」

方正一臉正經，完全不像在開玩笑，這讓了解方正為人的隊員們，終於正視其所言不假。

「所以大約在一個月前，我已經向署長提出了辭呈，也獲得批准了。」

方正這話一說完，台下所有人又是一片騷動。

所有人的臉上盡是錯愕的表情。

一直默默站在方正斜後方的佳萱，看著台下人的反應，一點也不陌生。

因為就在幾天前，當方正在咖啡廳裡告訴她這個決定時，她也是一臉錯愕。

「就算你沒有陰陽眼，也不必因此不當警察吧？」佳萱皺著眉頭說，「如果一定要陰陽眼才能當警察的話，那麼全台灣就只剩下方正特別行動小組了。」

「話是這麼說沒錯，」方正苦笑，「但是只要我存在警界的一天——」

方正話沒有說完，佳萱卻突然明白了他想要說的話，隨即沉下臉來，要方正不用再解釋下去了。

的確，只要方正還在警界，警方就會繼續委以重任，甚至讓他繼續帶領方正特別行動小組。

「我有想過，就算沒有陰陽眼，也繼續當警察，」方正看著咖啡說，「可是我希望方正特別行動小組可以解散，但這個願望只要我在警界的一天，可能就永遠無法實現。」

「為什麼想要解散方正特別行動小組？」

「其實，在阿火與阿山受傷之前，我就已經有這樣的想法了。」方正皺著眉、苦著臉說，「或許就像過去任凡所說的，利用鬼魂來辦案，甚至是跟鬼魂接觸，對我們這些根本就不會法術的人來說，都太危險了。」

聽到方正這麼說，佳萱低頭沉默不語。

畢竟擺在眼前的狀況，的確是如此，不要說阿火跟阿山因為這樣雙雙重傷，就連楓也因此而喪命。

「對方正特別行動小組來說，」方正嘆了口氣說，「所要應付的不只有窮凶極惡的歹徒而已，還要對付這些鬼魂，一個不小心可能就會……真的太危險了。」

方正現在所說的，不單單只是針對楓與阿火所處理的重大案件，就連一些單純的殺人案，往往都可能會有這樣的情況發生。

這些就算方正不說，佳萱也都能理解。

「或許你說得對，可是……」佳萱一臉不悅地說，「為什麼做這麼重大的決定之前，不先跟我商量呢？」

聽到佳萱這麼說，方正沉重地低下頭。

「對不起，」方正說，「妳也知道，不管大小事我都會跟妳商量，這一次之所以沒事先告訴妳，是因為這是我考慮很久之後所做的決定，我怕一跟妳商量，會改變我好不容易做出的決定。」

「你確定我一定會阻止你嗎？」

「不，」方正搖搖頭說，「而是妳如果阻止我，我應該就會聽妳的吧。」

佳萱很明白方正說的並不是謊話，畢竟兩人從交往前，方正不論大小事情，都會跟她商量，而且對於她的意見，一向也是言聽計從。

了解方正的佳萱此時不再多說什麼，只是還是有點無法接受方正會突然辭職。

回過神來，只見台下一堆隊員一臉哀戚與驚訝，與她當時心裡的感受一模一樣。

或許不單單只是為了方正的辭職與特別行動小組的解散，對方正特別行動小組來說，這陣子接二連三的打擊，是太沉重了點。

「我一直希望，在我離去前，可以為你們找到一個好的隊長繼續帶領團隊，至少在我離去之後，可以讓你們有個好的未來，」方正繼續說，「但楓的死，讓我了解到，或許一開始我們就已經跨過了那條界線，而現在或許是我們應該退回來一點的時候了。」

聽到方正提起楓，台下的氣氛更加低迷。

「所以我在辭職的時候，才會跟署長要求，在我離開之前，讓你們可以分發到其他好的單位去。」方正說，「但是，我了解了一件事情，我根本不需要這樣做，因為你們都很優秀，警界沒有所謂的方正傳說，因為那是你們創下的傳說。而且不只身為一個警員，身為一個人，你們也有著優秀的靈魂。不管身在任何位置或任何地方，你們都會過得很好。」

方正看著台下所有人。

「謝謝你們，讓我的離去，有了價值與意義，」方正深深地一鞠躬說道，「謝謝你們，讓我的人生，擁有一段永遠值得懷念的日子。」

所有人聽到方正這樣說，都流下了眼淚。

「抬起頭，挺起胸，向前走，走出你們的路。」方正笑著說，「這是我給你們最後的祝福。」

許多隊員已經哽咽痛哭，但還是異口同聲地說：「謝謝大隊長！」

方正轉過頭來看著佳萱，佳萱苦笑地點了點頭表示安慰。

「不過在解散之前，我們還有最後一個任務。這是昨天晚上署長親自打給我，希望我們可以接下來的任務，我已經答應署長了。」方正宣布，「這是我們方正特別行動小組的最後一個任務，就當作我們聚在一起的最後一個紀念吧。」

「是！」台下所有隊員異口同聲地回答。

4

方正特別行動小組支援的最後一個任務，正是這幾天被媒體炒得沸沸揚揚的少年弒親案。

原本就已經很轟動的弒親案，在媒體披露了該名少年原來在弒親前，就已經犯下公園情侶命案之後，事情變得一發不可收拾。

電視節目紛紛探討時下的教育到底出了什麼問題，竟然會出現像該少年這種喪心病狂的歹徒，不但隨便殺害公園裡的情侶，甚至連自己的至親都下得了手。

一片檢討的聲浪中，最大的是對警方的責難。

除了還沒將少年逮捕歸案外，治安問題也為民眾詬病。

畢竟，如果連在公園閒晃都可以被打破頭，那這個國家的治安的確有很大的問題。

因此，警界高層承受了來自民間與政界的沉重壓力。

為了快速破案，並且給社會一個交代，署長再也按捺不住，求助於方正特別行動小組。所以原本在楓的喪禮之後就要解散的特別行動小組，在署長強力的請求下，方正承諾再出動一次。

其實，警方在案發兩天後，就接獲鄰居報案，立刻鎖定了犯案的兇嫌少年江前田。

由於江前田的祖父與鄰居互動頻繁、相處融洽，這兩天卻無故完全不見人影，屋子裡不但沒有任何人活動的聲響，還傳出過去不曾聞過的腐臭味，鄰居因為擔心才報案。

根據鄰居的說法，江前田經常與祖父吵架，兩天前也確實有聽見他們爭執的聲音，只是大家都習慣了，所以並沒有特別在意。

而當警方進到屋裡的時候，發現案發現場根本完全沒有任何處理，留下了許多證據指向兇手就是江前田，因此警方才會大膽推測兇嫌的身分。

江前田在殺害祖父、將家中財物搜刮一空之後，隨即展開逃亡。

警方也立刻徹查他的所有同學與好友，卻沒有任何線索。

隨著日子一天一天過去，警方完全找不到江姓少年。

雖然調閱了住家附近的監視器畫面，不過幾條街後，就再也找不到江姓少年的蹤影。

所有人急得像熱鍋上的螞蟻，看著電視媒體彷彿鬼打牆般，不斷播報這則新聞，負責承辦的專案小組，也指揮調度了所有附近的警力支援。

眾人在嫌犯住家附近展開地毯式的搜索，不只有空屋，就連旅館以及網咖這些可能藏匿的地點，都可以看到警方盤查的身影。

但是嫌犯卻彷彿人間蒸發般，消失得無影無蹤。

這時，開始有媒體與員警懷疑，少年會不會已經畏罪自殺了。

畢竟他們調查了所有少年可能出入場所的監視器畫面，在少年離家之後的第三條街口，還有捕捉到少年的身影，可是以那條街口為基準點，四周所有的路口及住家監視器，完全沒有看到少年離開的身影。

負責偵辦此案的專案小組，還特別找來隊員模擬，看看有沒有任何路線是進入第三條街口後，可以在不被任何監視器拍攝到的情況下離開。

不模擬還好，一透過模擬，專案小組們才驚訝地發現，想要像少年這樣進入第三條街口之後離開，而不被監視器拍到，除非長了雙翅膀飛上天，不然不管從哪裡出來，都一定至少會被一台監視器捕捉到。

於是，專案小組立刻對第三條街沿路的所有建築進行搜索，從地下室搜到屋頂水塔，想確認少年有沒有躲在隱蔽的地方自盡。

可是搜查仍然沒有結果，只惹來附近居民的強烈民怨。質疑警方無能的聲浪，也隨著時間一天一天高漲。但是所有可能的手段，專案小組都已經嘗試過，只差沒有求神問卜了。想不到，就在一籌莫展之際，署長下令由方正接管這起案件。

然而就在方正特別行動小組抵達時，卻意外傳來了江姓少年的線索。有民眾打電話舉報，在住家附近看過江姓少年。

這下子方正特別行動小組反而像是空降部隊，有種不勞而獲的感覺。方正便帶著隊員對前指揮官說：「現在已經得到線報，我們隊員就納入你的指揮之下吧，讓我們支援就好了。」

方正這種不貪功的行為，果然不愧是警界的傳奇，又再一次感動了專案小組的成員們。就這樣在前指揮官的帶領下，專案小組偕同方正特別行動小組，一起前往線報的地點，只是他們作夢也想不到，江姓少年真的就在那裡。

更糟糕的情況是，他還挾持了一名少女，而那正是先前那起公園命案逃走的女生。

5

江前田有一種成為神的感覺，他非常享受這樣的快感。

從來都不知道原來人鬼合作，可以讓他橫行無阻，這個世界就好像他手中的玩物一般。

他可以穿梭任何街道，不需要擔心被攝影機拍到，因為鬼魂可以幫他擋住攝影機。

不只如此，他甚至可以進出任何場所，也不用擔心被別人看到，因為鬼魂會用鬼遮眼幫他。

在這個匿名鬼魂的幫助下，江前田甚至大剌剌地進入警局，從中取得公園那個可愛女生的住址。

最後更藉由鬼魂的力量，闖入女孩家中，並且從她的父母面前，將他們的寶貝女兒擄走，等到女孩父母發現女孩不見時，女孩已經被他玷汙了。

女孩在男友去世後，精神狀況就不太穩定，她的母親為了不讓她做出傻事，還特地辭了工作，在家專心照顧她。

而這一天，正好是女孩必須回診的日子，父親也請假陪她去醫院，從醫院回來之後沒多久，江前田就利用鬼遮眼，不客氣地進入女孩家中。

父母送女孩回房間，確定沒有問題之後，他們前腳才剛踏出房門，江前田後腳就接著踏入房內。

在房間裡強行玷汙了因為服藥而精神不濟的女孩，他扛著陷入昏迷的女孩，故技重施，毫無忌憚地經過客廳，從女孩雙親的面前將女孩帶出去。

他很懷疑，這個世界上，到底還有誰可以阻止他做任何他想要做的事情。

就連現在少年所待的透天厝，也是鬼魂幫他物色的。

屋主不在家，鬼魂幫他開門，這裡便成了少年的新住所。

當警方前來包圍這棟透天厝時，少年將全身赤裸、陷入昏迷的女孩壓到窗戶邊，警告警方，如果敢輕舉妄動的話，他就會殺死這個女孩。

這讓警方只能在門外乾等，不敢貿然進入屋內。

負責指揮的隊長，拿著擴音器對裡面的少年喊話。

「裡面的少年聽著，你已經被警方包圍了，不要再傷害其他無辜的人，趕快出來投降吧。」

「這是什麼老梗啊。」江前田靠在窗戶上不屑地看著警方。

想不到警方竟然真的像電視劇那樣，想要勸他出去投降，讓江前田打從心裡瞧不起這些無能的警察。

「再等一會，等記者都來了之後，我們再行動。」身邊的黑影這樣告訴江前田。

江前田看著全身赤裸的女孩，有點依依不捨。

他知道一旦他們行動，可能就得要放棄這個女孩子了。

彷彿看穿他的心思，黑影勸誘著。

「只要我們倆合作，什麼樣的女人你得不到？」

「對！」江前田臉上露出一抹淫笑說道，「下次就來找個女明星玩玩。」

這麼說的同時，江前田看女孩的眼神便有點改變了，似乎有些懊惱自己怎麼沒有早點想到。

現在的他可是要什麼有什麼，怎麼還會眷戀這種女孩呢？

他絲毫沒有察覺到，自己無限擴張的欲望，只會為自己帶來更大的麻煩。

現在外面所有警力都已經蓄勢待發，他們有絕對的信心，不會讓這個喪盡天良的江姓少年再有機會逃走。

就在眾人準備攻堅的同時，方正卻一臉疑惑地看著透天厝。

「不太對。」

聽到方正這麼說，佳萱轉過頭來，只見方正皺著眉頭看著透天厝。

「怎麼了？」

「說不上來，」方正撫摸著胸口說，「我一直有種詭異的感覺……」

「嗯，」雖然方正解釋得不清不楚，但是佳萱卻點頭說道：「我知道，我想我們大家都有同樣的感覺。」

原本沒有陰陽眼的方正，在靈感應方面不如先天就具有陰陽眼的人，如果連他都能感覺到異狀，佳萱等人當然更有感覺。

這感覺告訴眾人，屋子裡面，除了江姓少年與那位可憐的女孩之外，還有來自靈界的力量。

「現在該怎麼辦？」佳萱問。

「告訴所有隊員小心一點，人讓他們抓，鬼我們來對付。」方正揮揮手要三名小隊長過來，並且跟佳萱說：「看看能不能先摸清那個鬼的來歷。」

想不到，原本以為單純的案件，只是因為時間緊迫，所以才需要借助方正特別行動小組的力量。

結果卻演變成方正特別小組的慣例，又是一件跟鬼魂有關的任務。

方正不想節外生枝，而且此時很明顯已經進入逮捕程序，根本不需要再借助任何鬼魂的力量來辦案。

所以現在最重要的事情就是，把江姓少年逮捕歸案。

至於鬼魂的部分，只要不影響這個案件就可以了。

方正告訴小琳與阿山、阿火，要他們特別注意鬼魂的動向，如果可以的話，盡可能避開那個鬼魂。

而另外一邊的專案小組，已經組織好隊員，準備進行攻堅。

方正這邊也實現他的承諾，將特別小組分隊，讓他們分別去支援攻堅小隊。

屋內，江前田躲在窗戶後面，靜靜地看著警方的行動。

「他們好像要衝進來。」江前田擔心地對黑影說。

「衝進來最好，」黑影這麼告訴江前田，「只要他們敢衝進來，我保證讓他們屁滾尿流地逃回去。」

雙方僵持了一會，指揮官也曾經兩度打這間透天厝所登記使用的電話，試圖想要跟江姓少年取得聯絡，但是江姓少年都沒有接電話。

完全沒有辦法跟內部取得聯繫，指揮官在考慮過後，決定進行攻堅。

不然等媒體接獲消息趕來，事情就更麻煩了。

專案小組分成三隊，分別從不同方向同時進攻。

阿山照著方正的指示，跟著其中一隊員警，從後門侵入屋內。

順利闖進一樓之後，隊員們開始朝江姓少年所在的三樓前進。

透天厝的一樓是供車庫使用，二樓才是客廳。

當隊員們進到了二樓，穿過了客廳的走道，準備從裡面的樓梯上三樓時，後面突然被人襲擊了。

想不到後面竟然會有敵人，讓走在前面的警員大吃一驚，立刻指揮大家衝回客廳。

想不到衝進客廳的警員們，立刻陷入一片混亂。

據線報少年是獨立犯案，所以應該不會有同夥。

而當前面的隊員一回頭衝進客廳時，迎面飛來的竟然是一張沙發，其中還夾雜了一些碎石，打得隊員們東逃西竄。

想不到一個少年竟然會有如此的蠻力，他們連少年的身影都還沒看到，就已經被砸來的亂石與家具打到昏頭轉向，亂成一團。

幾個比較沉不住氣的員警，看到黑影就開槍，槍聲響徹整棟透天厝，可是在這一陣混亂中，大夥卻連敵人的影子都沒看到。

「不要亂開槍！」

「他在我們後面！」

「沒有，他在我們側面的那間房間裡！」

就這樣，整個突擊小隊陷入一片混亂。

明明剛剛沙發才飛過眾人，按理說敵人應該在客廳那一邊，可是不到五秒，沙發竟然又從後面砸了回來。

「情報有錯！裡面不止一個人！」

「撤！撤！快撤！」

隊員們被這來自四面八方的攻擊打到潰不成軍，紛紛朝四處逃竄。

他們看不見另外一個世界的東西，所以對於眼前的情況根本無法判斷。

上到二樓的樓梯口，阿山和他的隊員們則看得很清楚，其實根本不是什麼情報錯誤，攻擊員警的就是那個方正要大家特別小心的鬼魂。

雖然方正交代過，如果可以的話，盡量不要跟那個鬼魂有所接觸。

可是現在的情況，那鬼魂已經開始攻擊員警，當然不能再逃避了。

「用光照他！」

阿山下令隊員對鬼魂展開反擊。

不管是什麼樣的鬼，都有一定的畏光性，雖然不見得對所有鬼魂都能造成傷害，但是突如其來的光線，的確會有部分的嚇阻作用。

果然在光線的照射下，那黑影躲得飛快。

只是這一照，也暴露出阿山小隊的行蹤。

那黑影快速躲入陰暗處，並且迅速接近阿山小隊。

阿山小隊看得到黑影，當然不會被他偷襲，所有光束追逐著那個黑影，逐漸將黑影逼到牆角，正準備繼續照，想不到側面竟突然跑來那群被嚇到的突擊小隊。

由於鬼魂被阿山小組纏住，所以暫時停止了對員警的攻擊，好不容易有喘息的機會，員警們害怕遭到伏擊，所以拚了命地往外衝，把握機會逃回通往一樓的樓梯口。

想不到埋頭竄逃的突擊隊，就這麼跟在樓梯口支援的阿山小隊撞個正著。

這一撞將阿山小隊隊員們撞得人仰馬翻，所有手電筒瞬間失去了準心，屋內又再度陷入一片昏暗。

*

那鬼魂一見情勢逆轉，衝進人群中抓起人來就開始亂丟。

一些人被不知名的力量丟過來、丟過去，有幾個隊員還撞到牆上，部分人雖然沒被丟，卻也被飛過來的隊員撞倒。

所有人紛紛滾到了一樓，就算沒被弄倒的，在現在這不分敵我的情況下，也只能拚命往樓下跑。

可是那黑影並不放棄，追到了一樓，故技重施將所有人丟來丟去。

而阿山小隊一面要追蹤鬼魂的行蹤，另一方面又要閃躲鬼魂的攻擊與飛來飛去的突擊隊員，在一心必須好幾用的情況下，也跟著手忙腳亂了起來。

一團亂的情況下，方正曾交代過盡量不要跟鬼魂硬碰硬，安全第一，因此阿山決定讓小隊先跟著後退，至少樓下還有方正與其他行動小組的隊員可以支援。

現場一片混亂，就連阿山小隊也跟著撤退，眼看就要全軍覆沒了。

躲在三樓樓梯口觀察情況的江前田，在黑影的指示下，從容地從樓上緩緩走了下來。

在神不知鬼不覺的情況下，穿過這群亂成一片的人群，正準備走出後門，然後逃離這個地方。

到了門口，江前田鬆了一口氣，以為自己可以逃出去了。

想不到這時一個飛快迎上的拳頭，將他打到整個人又飛回屋內。

那個打了江前田一拳的男人對著屋內怒斥：「是誰在這裡胡搞！」

與此同時，一道道燈光從窗外射進來，刺眼的光芒讓一樓車庫有如白晝般明亮，就連隊員們都被這亮光刺到快要睜不開眼了。

聲音的主人就佇立在門口，光是怒斥一聲，就在這一片混亂中，取得了一切的控制權。

來的人不是別人，正是警界的傳奇，擁有高大的體格與堅定的眼神，他是白方正。

就連躺在地上被打到眼冒金星的江前田，也見識到方正的威嚴，曾幾何時他也希望自己可以像方正一樣，成為眾人矚目的焦點。

擁有這種不管到哪裡，世界就好像以他為中心，當他站起來時，世界是繞著他轉的威權。

更恐怖的是，所有飄浮在空中的不管是人還是物品，都因為方正的這一聲怒斥，瞬間全都失去了力量，紛紛掉落在地板上。

所有人不是躺在地上哀號，就是愣在原地驚魂未定。

「逮捕！」

聽到方正的聲音，員警紛紛回過神，撲向倒在地上的江姓少年。

逮捕了江姓少年後，所有人紛紛朝方正投以欽佩的眼光。

心裡不約而同地想著，不愧是警界傳奇的白方正警官。

可是，所有方正特別行動小組的人都知道，那個鬼魂一看到方正進來，就已經先逃掉了。

那些光線並沒有照到那個鬼魂，當然更不可能消滅它。

所以那個鬼魂其實只是逃走了，並沒有被方正收伏。

當然，方正特別行動小組的成員也非常清楚，方正的確是個傳奇，也是個值得尊敬的人物，但是他並沒有法術。

現場的鬼魂看到他會逃跑，很可能是基於兩個原因。

一來可能因為方正是那恐怖旬婆的乾孫，以及黃泉偽託人的名號夠響亮。

另外一個，就是那鬼魂可能跟方正有過節。

眼看方正到了，當然溜之大吉。

只是不管哪個原因，那個鬼魂落荒而逃是事實。

能夠順利逮捕江姓少年，且只有部分員警受了點輕傷，已經算是不幸中的大幸。

專案小組將江姓少年逮捕歸案後，不到三小時，立刻召開記者會，宣布破案的消息，也算是幫警界挽回了一點顏面。

6

就在警方高調宣布破案的同時，江姓少年獨自一人被關在警局的拘留室中。

腦海裡盡是方正剛剛那帥氣十足的模樣，江姓少年越想越火大，那種感覺就好像好不容易可以風光一下，卻完全被別人搶走了風采。

但是最讓他生氣的，還是那個不告而別的鬼魂。

說什麼只要跟著它，這世界上就沒有任何人可以對付得了自己。

想不到一看到苗頭不對，就自己先開溜了。

真是不夠義氣到了極點。

江前田被警方逮捕之後，那個鬼魂便消聲匿跡。

對江前田來說，一直都是由那個鬼魂主動跟自己接觸，他可是一點跟鬼魂聯絡的辦法都沒有。

剛被逮捕的時候，江前田還有點驚慌恐懼，但很快他心中就只有怒火。

畢竟再怎麼說，他未滿十八，這是他的免死金牌，他認為自己不管做什麼事情，這個年齡在法律上就是可以被原諒。

簡單來說，便是仗著法律保護，認為自己可以為所欲為。

所以即便身處不到三坪的牢房，江前田也沒有半點畏懼。

這倒不是因為他夠膽識、很有種，只是他完全不知道後果有多嚴重。

比起坐牢，他更怕平凡，更怕被整個世界遺忘。

或許江前田真正的悲哀，不是在於被這份恐懼所操作，而是無法用堂堂正正的方法，獲得別人的欣賞與讚美。

只要有正確的關懷與導正，或許，只是或許，這一切都不會發生。

然而已經都來不及了，有些事情，是沒有第二次機會的。

現在的江前田只能任人擺布，那個鬼魂不來找他，他能做的也只有一個人生悶氣。

他在拘留室裡來回踱步，不時用手搥著水泥牆壁，打到都破皮紅腫滲出了血，還是沒辦法澆熄他的怒火。

他甚至有種就算自己得下地獄，也一定不會放過那個鬼魂的恨意。

如果再讓他看到那個不負責任的鬼魂，他一定會——

就在江前田這麼想的時候，一個熟悉的聲音傳到了他的耳中。

「把燈熄了。」那聲音說，「快點。」

那聲音不是別人，正是現在江前田恨不得扒它皮的鬼魂。

那鬼魂催促著江前田將燈關掉，江前田知道這是那鬼魂的習性。

這鬼魂非常討厭光線，如果不把燈光熄滅，它是絕對不會現身的。

不過牢房裡的燈火不是囚犯可以自己控制的，為了把燈熄滅，而且不引起外面看守警員的注意，江前田很快做出反應，脫下上衣包在手上隔熱，然後將燈泡取下來。

之所以能夠這麼靈機應變，或許是江前田急著找這鬼魂好好算帳。

燈光一熄滅，鬼魂果然從床底幽幽地飄了出來。

在一片昏暗中，來不及適應突然的光線變化，還沒看到那鬼魂的身影，江前田已經按捺不住，破口大罵起來。

「你媽的！你鬼咧！一有事情就給我落跑，你媽的！還敢不要臉地說什麼你生前是什麼了不起的人物！我看你是漢奸、走狗吧！」江前田滿腔的怒火，源源不絕地從口中冒了出來。

「吵什麼，」那鬼魂聽了不疾不徐地說，「我有說不幫你了嗎？」

「現在被關在裡面的人不是你，你當然可以講得很悠哉。」

「你要知道，這座鐵牢是鎖人的，鎖得住我嗎？」鬼魂仍平靜地說，「我之所以會消失，是因為我見到我的仇人了。在那種情況下，如果我們執意跟他硬碰硬，肯定對我們不利，所以我才暫時避開他。」

「你的仇人？你是說害你身敗名裂的那個奸人嗎？他當時在現場？」

「對，」鬼魂篤定地說，「不過你不用擔心，我已經準備好了，這次換我們暗算他了。」

「你的仇人是哪一個？」

「就是指揮人去逮捕你的那個高個子警官。」鬼魂恨恨地說，「白方正。」

聽鬼魂這麼說，江前田立刻知道它說的是哪一個。

「果然是他。」

江前田理解地點了點頭。

雖然當時因為刺眼的光線，加上背光的關係，江前田沒有辦法看清楚方正的樣子，然而方正衝進來鎮住場面、盛氣凌人的那種霸氣，直到現在還深深烙印在他的腦海之中。

如果要說現場有什麼人可以跟眼前這個幫助自己的鬼魂有所過節，的確是需要像方正這種角色才算得上是對手。

「那現在該怎麼辦？」江前田問。

「怎麼辦？」鬼魂哼了一聲說，「我都來了，你覺得這個牢房關得住你嗎？我們先出去再說吧。」

聽到鬼魂這麼說，江前田的嘴角，不自覺勾勒出一抹邪笑。

第2章·死劫

1

是夜，方正特別行動小組的大樓燈火通明，裡面到處是忙進忙出、正在大掃除的隊員。

為了畫下最完美的句點，隊員們在打包完之後，自動發起了打掃大樓的活動。

對他們來說，這裡曾經是他們最溫暖的家，也是他們人生最特別的一段經歷。

即使現在要離開了，也要讓這個家依然保有它體面風光的樣子。

所以大家在收拾好行李之後，紛紛投入大掃除的行列。

在此同時，大樓對面有對一胖一瘦的鬼魂正眺望著這棟大樓。

畢竟對這些鬼魂來說，這裡也已經算是有名的景點了。

很多鬼魂都知道，這裡有一個「黃泉偽託人」，只要你蒙上不白之冤，就可以找他幫忙申冤，只是效果如何，就得看個人的造化了。

這一對胖瘦雙鬼，打從方正帶領隊員們回到辦公室的時候，就已經站在外面了。

「你到底是還要考慮多久？」比較瘦的那個鬼問。

「我現在很掙扎啊！」那個胖鬼不悅地說：「該不該去跟他說呢？」

瘦鬼聽了之後白著眼搖了搖頭說：「我當然知道你很猶豫、你很掙扎，拜託！丈母娘選女婿都沒有你考慮那麼久。」

這時，另外一個比較老的鬼魂，從後面靠近兩鬼。

「你們聚在這邊幹嘛？」

胖鬼考慮了一會之後說：「我們在想要不要去警告那個黃泉偽託人，告訴他呂后正在招兵買馬，準備對付他。」

「耶？什麼我們，只有你好不好！」瘦鬼聽了立刻否認道。

不需要胖瘦兩鬼多說，老鬼也知道呂后的消息。

這可是現在黃泉界最廣為人知的新聞。

畢竟，呂后是歷史上的大人物，又是力量極大的鬼魂，最近四處招兵買馬想要對付黃泉偽託人的事情，可以說是無鬼不知，無鬼不曉。

「告訴他又能如何？」老鬼乾笑了兩聲說：「你以為他真的像以前那個黃泉委託人一樣，可以對付像呂后這種歷史名人嗎？」

聽到老鬼這麼說，瘦鬼在一旁猛點頭附和。

「話不能這麼說，」胖鬼皺著眉頭說：「好歹人家幫過我們，現在不通知一聲，好像太不夠道義了。」

「哇靠！」瘦鬼一臉不屑地說：「你是做鬼做糊塗啦，還道義咧！你以為你還在江湖啊？人家是說，有人就有江湖，咱們是鬼，還需要跟人玩什麼江湖遊戲？」

聽到瘦鬼這麼說，老鬼緩緩地點了點頭說：「你們呀，要嘛就趕快去投胎，要嘛就繼續逍遙。我勸你們，這種事還是少管為妙，不然如果被呂后發現你在這邊多嘴的話，到時候要找你麻煩，你就知道事情大條了。」

聽到老鬼這麼說，胖鬼有點被嚇到了，驚恐地看了瘦鬼一眼。

「就是說嘛，」瘦鬼趕緊幫腔說道：「到時候我看就算你找上白方正，他也不見得會幫你，所以我們還是走吧。」

聽到兩鬼這麼說，胖鬼就算再怎麼良心不安，也不會拿自己脆弱的靈魂開玩笑。

又依依不捨地看了方正特別行動小組大樓幾眼之後，胖鬼最後還是跟著兩鬼，一起消失在黑夜降臨的冷清街道上。

2

方正特別行動小組的大樓內。

阿山呈現大字形躺在頂樓寢室的床上，這裡對他來說，真的彷彿是第二個家。

其他人不敢說，但是阿山在這間休息室裡睡覺的時間，肯定比在自己家還多。

倒也不單單是因為工作量大的緣故，而是就算是摸魚打混，阿山也會在這邊睡。

這就是阿山最崇拜方正的地方了，即便知道阿山摸魚都會躲在這裡睡覺，方正也不曾進來抓過人。

因為考量到隊員可能因為自己的到來而無法好好休息，所以方正從來不曾進來過。

阿山看著天花板，想著這是最後一次躺在這張溫暖又熟悉的床上了。

另一方面，阿火則是坐在自己的辦公室裡。

看著這間辦公室，阿火有種難言的不捨。

想不到像他這樣的人，也有機會在這種地方辦公。

雖然實際上待在這間辦公室的時間並不長，但光是方正對他的信任與委以重任，就讓阿火備受感動了。

畢竟當時的阿火，狀況十分不穩定，要重用他除了膽識之外，更要有把握可以壓得住他。

這些都是阿火對方正欽佩到五體投地的地方。

就連阿火自己，可能也不敢重用像他這樣的人吧。

正如古語所說的，士為知己者死，阿火早就下定決心要為方正跟行動小組奉獻一切。

想不到最後竟然是這樣的結果，雖然有點遺憾與不捨，但是阿火還是非常感謝方正給自己一個機會，證明自己在這個世界上，還有人在乎與信任。

另一頭的小琳則站在置物櫃前。

這裡是女隊員專用的更衣室與置物櫃，小琳跟其他女隊員的櫃子都在這裡。

但是此刻的小琳，凝視的卻不是自己的置物櫃。

她撫摸著隔壁那一個，上面還留著不曾更換過的名牌，寫著「石婇楓」三個字。

即便在方正特別行動小組中，被認為最理所當然可以調派來這裡，在警界的表現還算優異，沒有什麼大問題的小琳，調單位對她來說，卻是非常司空見慣的事情。

畢竟過去的單位，對小琳的破案能力雖然無可否認，但沒有一位長官受得了她偏執激進的辦案方法，因此小琳總是屁股都還沒有坐熱就被調走了。

但是這一次不一樣，在這裡小琳可以盡情地努力，用自己的方法辦案。

在這裡小琳擁有過去所沒有的一切，除了有信任她的長官，更有一群互相信任的夥伴。

這一切雖然讓小琳覺得不捨，但是對她來說，真正讓她感到難受的是方正特別行動小組一解散，似乎也會讓楓的存在被人遺忘。

她不想要這樣，她希望警界永遠知道方正特別行動小組有四大組長，而這之中最大的驕傲就是楓所率領的第一小隊。

就好像這個專屬於她的置物櫃上，留著她的名字一樣。

每個人，都用屬於自己的方式跟這裡告別，就彷彿是一個時代的終結。

雖然方正告訴大家，已經請人過來清理，不需要大家動手、可以安心回家，可是大家仍然把握著這最後與行動小組告別的機會。

大夥合力清掃的結果，讓方正特別行動小組辦公室跟當初搬來、剛裝潢好的時候一樣，乾淨亮麗。

大夥集合在一樓的櫃檯前，等待方正驗收。

方正看著一塵不染的環境，深深了解到自己是多麼的幸運，可以擁有這群優秀的手下。

「謝謝大家，」方正對隊員們說，「好了，那麼我就宣布，到今天晚上為止，我們方正特別行動小組——」

「大隊長！」突然一名隊員闖了進來，打斷方正要解散大家的話。「不好了，剛剛分局聯絡，江姓少年從看守所中消失了。」

3

好不容易逮捕了江姓少年，還以為整起案件可以順利落幕，沒想到卻演變成現在這種狀況。警界高層除了盡可能封鎖消息外，也十分震怒，緊急召集所有分局長到警政署開會，就連方正也被召了過去。

在署長等高層大發雷霆之後，緊急搜捕少年的任務，又再度落在方正特別行動小組的身上。尤其在外界暫時還不知道江姓少年從看守所消失的關鍵時刻，如果貿然動用其他單位，可能會被比較敏銳的記者嗅出味道。

現在的情況，最適合行動的非方正特別行動小組莫屬。

方正帶著本來應該可以回家休息的隊員，再度出發趕到拘留少年準備進行偵訊的分局。分局上下所有警員見狀，都彷彿見到救世主般。

備受矚目的刑案嫌疑犯，竟然在層層戒備下，人間蒸發。這樣的失誤，讓分局上下都急得像熱鍋上的螞蟻，所以一看到方正特別行動小組前來支援，而且還是全組人馬一次到位，讓分局長真的老淚縱橫，握著方正的手，久久不能自已。

畢竟在警界服務了三十多年，今天很可能會敗在一個少年手下，讓分局長簡直快崩潰了。

方正到達分局之後，第一件事情當然是先搞清楚，江姓少年到底是如何逃出分局的。

方正熟練地調度組員們開始行動。

「小琳，妳帶妳的組員去調監視器畫面，看看有沒有辦法找到江姓少年是怎麼失蹤的。」

方正特別行動小組之中，最有觀察力的就是小琳這一組。

就算少年真的人間蒸發，小琳也一定可以找到蛛絲馬跡。

「阿火，你帶你的組員回到逮捕江姓少年的地方，看看我們有沒有漏掉什麼線索。」

方正之所以指派阿火，是因為他懷疑少年的失蹤，與先前大鬧現場的鬼魂有關。

而方正特別行動小組之中，最能夠感應靈力的就是阿火了。

當時因為鬼魂已經逃跑了，方正不想節外生枝，所以才沒有讓阿火留在現場調查。

「阿山，你帶組員跟分局的警員們討論一下，看看有沒有什麼可疑之處。」

雖然阿山平日看似不正經，但透過他奇特的邏輯思考，時常能夠引導出一些大家先前沒有注意到的一面。

在大家接到命令準備開始行動之前，方正把三個小隊長聚集在一起，小聲地吩咐道：「這種時候，丟了警界的面子事小，丟了性命事大，都已經是最後一個案件了，我希望大家可以平平安安的。所以你們只要一發現狀況不對，立刻向我通報，切忌私自行動，知道嗎？」

三人慎重點頭之後，方正才讓他們各自行動。

在方正剛成立特別行動小組的時候，因為需要支援的案件比較少，所以常常是由方正帶著眾人一起行動。

所以這樣的集體行動，對小隊的人來說，並不陌生。

短短還不到一個小時，各組人馬就回來報告了。

真相正如方正所料。

江姓少年果然在鬼魂的幫助下，大剌剌地打開牢房，離開了分局。

另一方面，阿火在重新調查現場之後發現，那邊確實有鬼魂短暫逗留過的痕跡，可以證明那個鬼魂與少年是一起行動的，並不是原本就滯留在那邊的鬼魂。

這證實了方正的擔心，在確定這些之後，方正的行動方針有了重大的轉變。

「在我們採取任何行動之前，我覺得我們應該先想辦法調查清楚那個鬼魂的真面目。」方正摸著下巴，一臉擔心地說，「畢竟現在最讓我擔心的是——」

「呂后嗎？」佳萱問。

方正點了點頭。

幾個月前的呂后事件，確實給了方正特別行動小組一個重大的打擊。

不但阿火與阿山雙雙掛彩，呂后至今也還沒有被鬼差抓回去。

但呂后撂下狠話後，就從眾人面前消失得無影無蹤。

就連以張樹清為首的眾鬼差，都找不到呂后的下落。

不過，最近似乎聽到幾個鬼魂提過呂后正在招兵買馬的消息，似乎有種蠢蠢欲動的感覺。

對方正而言，就算特別行動小組解散了，只要呂后的威脅沒有告一個段落，他還是會想盡辦法去解決這起事件。

然而就連身為鬼差的張樹清都已經用盡所有方法，還是找不到呂后的下落，更何況方正只是一介凡人呢？

「我不知道該怎麼說，」方正皺著眉頭說，「就好像你們感覺到現場有惡靈在一樣，當時在現場，我有種似曾相識的感覺，彷彿我曾經跟那個鬼魂相處過一樣。」

佳萱等人聽了，無不狐疑地看著方正。

看到眾人的表情，方正努力的想要再解釋：「那種感覺……就有種，熟悉卻又陌生的奇怪感受。」

「大隊長，」阿山挑眉說，「你一定要把你跟鬼魂的關係講得那麼曖昧嗎？」

其他人聽了，忍不住笑了出來。

方正白了阿山一眼，阿山趕緊接著說：「好啦，雖然我沒有你那麼曖昧，不過你說的感覺，我在現場的時候，也有感覺到。」

不只是阿山，幾個隊員也點了點頭，附和阿山的話。

「嗯，如果說這真的是過去我們曾經接觸過的靈體，」方正摸著下巴說，「以經驗來說，如果遇到的是黑靈，最有可能的就是呂后，但是也有可能是過去處理過的案件還有什麼冤情也說不定。」

方正會這麼說，不是沒有道理。

畢竟方正特別行動小組處理過的案件，沒有一百也有五十。而方正隊員們所能做的，就只有辦案的部分，從起訴到法院判決定讞，有太多過程是特別行動小組不能干涉的。

如果說在這之中有任何差池，致使歹徒逍遙法外，讓原本以為終於得到公道的鬼魂，因此產生了靈體變化，已經平息的怒火又再度燃起，並不是不可能的。

「總而言之，現在對我們來說，最重要的就是先搞清楚對手是誰。」

方正下了這個結論。

4

類似這樣的情況，方正能想得到的，永遠只有那麼一個人，那就是他的乾媽爐婆。

方正帶著佳萱，一起來到爐婆家。

方正走在前面，正跟爐婆說話，講不到幾句話，爐婆的目光無意間掃過佳萱，她的視線瞬間停住，臉色也沉了下來，並抿著雙唇。

看到爐婆這樣，方正也好奇地停下，一起看向佳萱。

佳萱張大眼睛，不明白眼前這對乾母子為什麼要這樣瞪大雙眼看著自己。

「怎麼啦？」佳萱彆扭地問：「你們兩個幹嘛這樣看著我？」

「佳萱，妳最近發生什麼事情了嗎？」爐婆臉色凝重地問。

「我？」佳萱皺著眉頭想了一會說，「沒什麼特別的啊，就上班、下班，沒有什麼……吧。」

方正跟著爐婆一直盯著佳萱的臉，可是沒看出什麼異狀，便又反過來看著爐婆，只見爐婆仍然緊緊瞪著佳萱的臉。

「乾媽，我也沒看出什麼異狀啊，是怎麼了嗎？」

「她印堂散發著黑氣，全身也散發出好像燒香的煙。」爐婆皺著眉頭說。

聽到爐婆這麼說，方正上下打量了一下佳萱，連佳萱都好奇地看了一下自己，卻都沒有看到爐婆所說的情況。

「沒有啊，」方正說，「沒看見妳說的什麼冒煙啊。」

「你當然看不見，」爐婆白了方正一眼問道：「你是學過法術嗎！」

看爐婆表情非常嚴肅，方正不免緊張起來，對爐婆說：「既然這樣，乾媽妳就解釋清楚一點，到底佳萱這樣是什麼狀況，會不會有危險？」

「當然有危險，不然你以為我現在是在問心酸的嗎！」

「很難說，妳做生意的台詞跟妳認真的台詞都一樣，這樣很難分耶。」

「你忘記了嗎？」爐婆白了方正一眼說，「我這幾個月光做你的生意，就已經夠折壽了，我還在歇業中耶。」

前陣子方正因為為對呂后嗆聲，怕呂后回來找他算帳，幾乎每個禮拜都來拜訪爐婆兩三次，讓爐婆請張樹清上來催促他找尋呂后的下落。

「乾媽妳要趕快幫幫佳萱啊！」知道爐婆不是開玩笑的，方正急道。

這時方正突然想到他們此行的目的，轉頭對佳萱說：「該不會那個鬼魂是針對妳來的？」

佳萱側著頭聳了聳肩。

「你們到底又去惹到多恐怖的鬼啊？」爐婆皺著眉頭問。

方正跟佳萱面面相覷，也不知道到底在哪裡招惹到什麼鬼魂了。

「你先把事情告訴我吧。」爐婆對方正說。

三人坐到客廳後，方正便將江姓少年弒親的案件，一五一十地告訴了爐婆，並且將他們在逮捕犯人時，現場出現搗亂的鬼魂，還有現在江姓少年靠那個鬼魂的幫忙，逃出牢房的事情，全都告訴了爐婆。

「嗯，那個少年很可能是被鬼迷了，才會幹下這些事情。」爐婆點了點頭說。

「不一定吧，」方正皺著眉頭說，「乾媽，妳不知道現在時下的年輕人喔，誰迷誰還很難說咧。」

「是這樣嗎？」爐婆張大眼說。

「嗯。」方正用力地點了點頭。

「誰迷誰都無所謂，」佳萱在旁說，「現在最重要的，應該是要把他們一人一鬼都抓到，只有這樣才能真正搞清楚誰迷誰吧。」

聽到佳萱說的，方正點了點頭。

如果不一起抓到這一人一鬼，只抓到少年，恐怕只會鬼打牆，不斷重複著逮捕跟潛逃的戲碼。

「嗯，」爐婆倏地起身說道，「這次你們不要想放我鴿子了。」

「啊？」

「再怎麼說，這個惡靈想動我未來的乾媳婦，我怎麼可能袖手旁觀？」

這一句話讓方正跟佳萱一起傻眼，當然不是因為爐婆準備出動，而是那個突然從爐婆嘴巴迸出來的「乾媳婦」一詞。

佳萱回過神來，惡狠狠地瞪了方正一眼。

方正也同時回過神來，惡狠狠地瞪了爐婆一眼。

「多嘴！」佳萱對方正說。

「乾媽！」方正對爐婆說。

爐婆則是一臉無辜地攤開手，渾然不知道自己哪裡說錯了。

爐婆愣了好一會兒，才想到兩人這麼驚訝的原因。

「唉唷，不要怕羞啦，這種好事情不用瞞我啦！」爐婆笑著對佳萱說，「還是妳不想讓爐婆知道啊？」

「沒有啦，爐婆，只是我比較希望我們一起告訴妳，他自己一個人說，怕妳會認為我沒禮貌。」

「嗯，還是佳萱乖。」爐婆白了方正一眼說，「看到沒？人家多尊重我這個未來的乾媽。」

「如果爐婆妳喜歡的話，我現在就可以拜妳作乾媽啊。」佳萱笑著說，然後轉過來板著臉對方正說：「這樣我們就算乾兄妹了，不能再交往下去了。」

方正一聽臉都綠了，用極盡惡毒的眼光瞪著爐婆。

「算了啦，妳看這傻大個也怪可憐的，」爐婆揮著手對佳萱說，「妳甩了他，他會變成活死人纏著我不放，要我賠他一個老婆，到時候叫我去哪找像妳這麼好的乾媳婦啊。」

兩人一搭一唱，完全不給方正辯解的機會。

「好啦，」爐婆站起來說道，「你們兩個坐一下，我進去準備準備，等等就跟你們一起行動。」

爐婆說完，轉身走到內室。

方正偷偷瞄了佳萱一眼，還好她看起來並沒有生氣，讓方正鬆了一口氣。

只不過對方正來說，真正糟糕的是自己還沒有求婚，沒想到爐婆就講出來了。

好險佳萱只是以為爐婆從方正那邊得知兩人正在交往的事，所以才這樣亂叫的，並沒有多想的樣子。

不過爐婆突然來這一下，的確讓方正嚇出了一身冷汗。

兩人等了一會之後，只見爐婆穿著道服，手裡還拎著大包小包。

「哇，乾媽，」方正皺著眉頭說，「有沒有那麼誇張啊？」

「嗯？」爐婆挑眉回道，「你懂什麼！就好像修車一樣，你不知道對手是什麼樣的鬼、要用什麼樣的工具，當然是全部帶上比較有備無患啊。」

原本想說有個專業的在，這次應該可以比較安心，但是看爐婆這模樣，感覺就好像從來沒外出抓過鬼，讓方正又開始擔心，爐婆出馬會不會只是多一個人要照顧，根本起不了太大作用？

完全沒有發現方正的苦臉，爐婆提著大包小包，興高采烈地準備出門。

「好了，還有那個。」爐婆指著身後那個大香爐說，「那個也要帶去，不過你可能需要派一輛大一點的車來載喔。」

方正看著大香爐，張大了雙眼叫道：「乾媽，這會不會太誇張了？妳乾脆租輛電動花車，把整個神壇都搬上車好了。一定要那麼麻煩，不能當場架個神壇什麼的嗎？」

「神壇當然可以，香爐你要現場訂做嗎？」

「那有神壇就夠了，不一定要香爐吧？」

「哎呀，」爐婆張大嘴說，「啊不然我爐婆是叫假的嗎？」

「難道妳叫爐婆，沒有香爐就什麼都不能做了嗎？」

「你以為我是我師姊撚婆啊？」爐婆白了方正一眼說道，「你不知道我們的名號跟我們的法器有絕對的相關嗎？」

這點就算爐婆沒有說，方正與佳萱也早就注意到了。

畢竟爐婆每次要施法，幾乎都是跟香爐有關。

只不過方正原本以為是因為爐婆愛用香爐，所以才有這個名號，想不到是真的沒有香爐不行，這還真是本末倒置了。

「我的師姊之所以叫撚婆，」爐婆解釋道：「是因為她法力非常高強，只要撚香就可以抓鬼了。以前我在師門中，抓鬼的能力排第三，我都還要用那麼大的天公爐了，你自己說咧？師姊只要撚香，我跟她的程度完全不一樣，我需要香爐，可以嗎？」

聽爐婆這麼說，方正也不能說什麼，只能聳聳肩，無奈地接受了。

方正從附近的分局，調來了一輛警用的小巴，幫爐婆把香爐與大包小包的裝備全部都運上車。

「接下來該怎麼做？」方正問爐婆。

「當然是先找到那個鬼啊！」爐婆說，「你先載我到那個鬼魂曾經鬧過的地點，我想在那邊我應該可以找到鬼魂現在所在的位置。」

方正照著爐婆所說的，載爐婆前往江姓少年先前的藏身處，也就是逮捕到江姓少年的地方。

就在三人前往透天厝的途中，駐留在本部的阿山卻意外接到了江姓少年的電話。

「我是你們正在追捕的江前田，我現在抓了一家三口當作人質，如果你們不希望人質有任何危險，就叫白方正一個人過來。只要我看到其他警察跟來，我就殺光所有人質。」江姓少年這麼告訴阿山。

5

自從打電話給特別行動小組之後，江前田就一直坐立難安。

在鬼魂的幫忙下，江前田逃出了分局，鬼魂告訴他，已經想好方法對付白方正了。

一人一鬼找了戶人家，藉由鬼魂的幫助，江前田大膽闖入住宅，將一家三口全都綁了起來，然後打電話給方正特別行動小組，要求只准白方正一個人前來。

照鬼魂的說法，白方正雖然現在貴為警界的傳奇，但是真實的他，其實是個怕鬼的跟班。現在的他之所以有如神助，靠的全都是他那些手下。

其實真實的白方正，說難聽一點，根本就是詐騙集團。

所以如果白方正真的照指示一個人前來，說不定只要鬼魂捉弄他幾下，就可以擺平他了。

這就是鬼魂想到的方法——孤立白方正。

如果白方正不敢一個人前來，他們就立刻殺掉人質，並且通知媒體，說白方正為了自保，不顧人質安全，讓他身敗名裂。

換言之，不管白方正是不是真的一個人前來，鬼魂都有萬全之策可以對付他。

雖然如此，但是江前田還是有點緊張。

畢竟自己親眼見過白方正那英明神武的模樣，所以實在很難想像一個將近兩百公分的巨漢，會像鬼魂所說的一樣，見到鬼就暈倒。

但是再怎麼說，白方正跟這個鬼魂之間，似乎有段過去，感覺起來鬼魂非常了解白方正的樣子，所以現在也只能暫時相信他了。

就在江前田心情七上八下地看著窗外時，一個熟悉的身影，出現在街頭。

「來了！」江前田緊張地對鬼魂說。

光從體型與散發出來的氣魄，江前田就有十足的把握確定來的人就是白方正。

「看清楚他是不是一個人。」

江前田從窗戶探頭出去，看了一會之後縮回來說：「應該是一個人，整條街上只有他跟一個老太婆。」

聽到江前田這麼說，鬼魂突然發出讓人發寒的笑聲。

「嘻嘻嘻，既然他敢一個人過來，我就讓他死在這裡，以洩我心頭之恨。」

「現在該怎麼做？」江前田緊張地問。

「你什麼也不用做，就坐在窗前，好好看這場戲吧。」鬼魂對江前田說，「我等這一刻已經等很久了，我要讓他後悔曾對我做的一切。」

鬼魂說完之後，消失在黑暗中。

江前田看著漆黑的屋內，又看著被自己五花大綁的一家三口，突然感覺到恐懼。

就好像這一切都跟他無關，自己只是聽命行事的小跟班，當老大一走，回過頭看見自己剛剛做過的事情，還是怕得要命。

「等等我啊！」江前田叫道。

沒有鬼魂在身旁的他，終究只是一個平凡又乳臭未乾的小子，尤其先前有過一次經驗，他很擔心萬一像上次一樣，鬼魂又自己開溜，他要怎麼辦？

江前田追出去，決定找個安全一點、隨時可以逃跑的地方，再來看看情況是不是真如鬼魂所說的一般順利。

萬一情況不妙的話，這一次他不會再像上次那樣，輕易就被抓到的。

6

方正抬起頭來看著眼前的這棟建築物。

這裡確實就是江姓少年所指示的地點，可是從下面看上去，該樓層的窗戶卻是一片漆黑。

雖然早就知道是個陷阱，但是方正還是不明白，自己到底什麼時候或為什麼得罪這個鬼魂。

原本還以為鬼魂是衝著佳萱來的，可是卻從本部那邊得知，對方要自己一個人前往這裡的消息。

難道說自己真的在哪裡得罪過這個鬼魂嗎？

方正再次確定地址後，猶豫了一下，正準備進去大樓時，後面突然傳來一陣玻璃破碎的聲響。

方正回頭，只見街燈一個接著一個破碎熄滅。

街上因此陷入一片漆黑，只剩下微弱月光勾勒出街景模糊的影像。

看樣子，這是個非常老派的鬼魂，竟然用這麼老掉牙的方法來嚇人。

即便如此，老梗之所以為老梗，就是因為有用。

即使知道這是鬼魂搞的花招，方正還是感到不寒而慄。

方正不敢輕舉妄動，兩隻腳就算想要移動，也完全動不了。

他看著漆黑一片的四周，這時候才真的明白什麼叫做草木皆兵，感覺街上熟悉的一切看起來都好像有鬼魂攀附在上面。

「我已經來了，」方正對著街道叫道，「有什麼事情你直接找我就好了，不需要連累其他人。我是不是在哪裡得罪過你？現在就請你出面，直接跟我說清楚。」

方正說完，看著街道，仍然沒有半點動靜，而方才唯一跟他一起走在路上的老婆婆，此時也已經不見蹤影了。

「你沒有資格要我出面。」一個聲音冷冷地從他背後響起。

方正一驚，猛一回頭，卻看不到任何東西。

「既然你不願意出面，何必千辛萬苦要我過來呢？」方正不解地問。

「我要你過來，就是要你……」那聲音突然發狠地叫道，「死在這裡！」

鬼魂才剛說完，方正突然覺得腳下有動靜，一低頭，只見一雙手從地板竄出，朝自己的腳抓來。

這一下來得很快，方正反射性地跳起來，可是從地板竄出來的手還是勾到了方正的腳，在空中的方正被那雙手一絆，重重地摔在地上。

方正這一摔摔得不輕，整個人手忙腳亂地才正準備要爬起來，那雙鬼手卻已經抓住了他的手，用力一甩，將他直接拋了出去。

那雙手的力道非常大，方正的背直直撞上路邊的電線杆，痛得眼冒金星，根本爬不起來。

這時鬼魂又抓住了方正的腳，將他丟向街道的另外一邊。

鬼魂就這樣隱遁在地底下，始終只露出一雙手來對付方正，方正只能完全處於挨打的劣勢。

就這樣，鬼魂將方正當成玩具般，方正還沒能站穩，就又被扔了出去。

就算沒撞到東西，光是這樣在柏油路上滑行，就夠方正受的了。

鬼魂越丟越有心得，將方正越甩越高。

這一甩，方正被甩到差不多二樓的高度之後，重重地摔了下來。

然而，當方正被拋到高空時，方正看到其中一棟大樓的後面，一個人頭躲在那裡，偷偷看著自己。

雖然只是匆匆一瞥，但是方正非常確定自己沒有看錯。

當方正摔到地面時，忍著痛，大叫了一聲：「乾媽！現在！」

黑暗中地板上的那雙手，正準備再度抓住方正，卻在快要碰到他之際，突然感覺到異狀。

原來佯裝成路人，後來躲到暗處的爐婆，在方正大喊之後，立刻衝了出來，跑到方正身邊。

爐婆對準那雙鬼手，將手上早就準備好，與任凡繫在自己房門前一樣的朱紅索套在鬼手上。

鬼魂渾然不知方正有幫手，毫無防備的雙手立刻被朱紅索套上。

朱紅索彷彿燒紅的鎖鍊般，不但確實將鬼手綁住，還讓鬼魂痛到哀號。

趁這個機會，方正立刻爬起來衝向江姓少年所指定的大樓。

就是因為方正在空中看到了江姓少年，所以他確定沒有其他共犯的一人一鬼，現在應該沒人守在人質身邊。

所以當爐婆纏住鬼魂時，方正馬上衝進大樓，一路爬上三樓，真的看到其中一戶的大門敞開著。

方正走進去，立刻找到被綁的一家三口，他連忙幫他們鬆綁，然後從窗口查看爐婆那邊的情況。

與此同時，樓下綁住鬼魂雙手的爐婆，用力一扯，準備把鬼魂從地底下拖出來。

想不到鬼魂的力量頗大，即便在朱紅索的鎮壓下，還是有力量跟爐婆抗衡。

爐婆咬緊牙關，將繩索揹到肩膀上死命地拉，竟然都還無法將鬼魂拉出來。

雙方卯足全力拉扯，朱紅索承受不了如此大的拉力，從中間斷開來。

「唉呀！竟然敢扯斷老娘珍貴的朱紅索！」爐婆咬牙切齒地說，「這數量可是有限的，我現在已經沒辦法再提煉了啊。」

朱紅索一斷，鬼魂一用力，便將還纏在手上的朱紅索全都扯碎。

「死老太婆！妳活膩了嗎？」鬼魂怒斥。

還在惋惜的爐婆，聽到鬼魂這麼說，氣到張大了嘴罵道：「你叫我什麼！啊厚啊，不露幾手真的會被你這種小鬼看不起！」

爐婆揮了揮手，這時躲在一旁等待已久的佳萱，立刻拉著拉車，將那大香爐拉到了爐婆面前。

爐婆熟練地披上道袍，捲起衣袖，拿出一張符咒，將符咒點燃後丟入火爐中。

「你這縮頭鬼，只敢躲在地下，看我把你逼出來！」

爐婆說完，點起一炷香，抓起一把香灰堆在地上，並且將香插在上面。

與此同時，鬼魂似乎也恢復了力氣，一雙手朝爐婆而來。

「爐婆！小心！」見到那雙手來勢洶洶，佳萱在一旁擔心地叫道。

爐婆聽到，非但沒有看向那雙手，反而朝佳萱一笑。

「沒事，乾媳婦別怕。」爐婆笑著說。

那雙手就在爐婆這麼說的時候，欺近到爐婆身邊，發現爐婆並沒有注意到，直接就朝爐婆抓去。

想不到爐婆猛一轉身，朝著鬼魂的手使勁一踩，非常準確地命中目標。

「只有那個沒用的大個才會怕這種遁地鬼。」爐婆啐道，「連踩手都不會嗎？」

鬼魂被爐婆這一踩，痛到叫了起來，一雙手又飛快地遠離爐婆。

爐婆見狀也不追上去，逕自走到大香爐邊。

爐婆趴在香爐上，將香爐裡面裊裊上升的香煙用力一吸。

爐婆的鼻孔彷彿抽油煙機般，一股腦將所有煙吸了進去。

爐婆憋著氣仰起頭，走到那堆插著香的香灰旁，趴在香上，用力一吐。

只見那炷香，以飛快的速度向下延燒，整炷香轉瞬間就燒完了。

爐婆吐完氣之後，站了起來，口中唸唸有詞。

這時街道的地面竟然冒出煙來，彷彿就像正在燃燒似的，將整個街道熏得一片霧茫茫。

在爐婆的法術之下，鬼魂再也無法遁地，從地底飛了出來。

一片煙霧中，方正與佳萱只見到那鬼魂的黑影，不過這也是他們唯一可以辨識的鬼魂——黑靈。

爐婆見黑靈現身，伸手朝香爐一抓，抓起一把香灰，就朝黑靈撒去。

在一陣煙霧中，只聽聞黑靈痛苦的哀號。

爐婆知道黑靈已經受了傷，探手朝香爐抓出一炷香，手指扣住香，用力一彈。香就好像標槍一般，射入煙霧中，直直射向黑靈，黑靈立刻慘叫一聲。

想不到平常市儈的爐婆，竟然有這等一流的抓鬼功夫，看得方正與佳萱目瞪口呆，張大了嘴，不知道該怎麼反應。

同樣的情緒也出現在黑靈身上，原本以為可以報仇了，卻在半路殺出個死老太婆，讓黑靈感到又驚又氣。

好漢不吃眼前虧，既然方正請來了這麼厲害的幫手，自己勢必無法報仇了，那就不需要硬拚。

由於爐婆下手算重，黑靈的魂魄被打散了，所以沒有多餘的力氣繼續對抗爐婆或方正，只能趁著煙霧還未散去，想辦法逃走。

見黑靈想逃，爐婆揮了揮手，這時早就守在對街的方正特別行動小組，立刻衝了出來。

「追鬼我就不行啦，」爐婆對眾人叫道，「你們去追吧，追到就用我給你們的符。」

眾人聽到後，以小琳為首的隊員們，立刻追上去。

既然魂魄都被打散了，不需要爐婆出手，一般至少也需要花個好幾年才能恢復，況且爐婆這把年紀，又好一陣子沒下海抓鬼，再追打下去也不一定有利，因此剩下的就交給其他人去善後了。

眼看那鬼魂又想自己溜了，江前田再也沉不住氣，從躲藏的大樓後面跑出來，對鬼魂叫道：

「帶我一起走！」

江前田追過去，緊緊跟在黑靈身後，而小琳等人也追擊在後，眾人在街頭展開追逐。

方正特別行動小組中，不，就算是整個警界，在追擊歹徒方面，如果小琳說自己是第二，絕對沒有人敢稱第一。

眾人一連追了好幾條街，許多隊員都已經追不上了，小琳仍然緊追不捨。

黑靈見小琳追來，也知道這樣下去沒完沒了，突然停了下來。

緊跟在後的江前田連忙加快速度，縮短與黑靈之間的距離，沒想到，黑靈卻突然轉過來對著江前田用力一揮，接著才又繼續逃跑，留下江前田整個人愣在原地。

江前田緩緩低頭，只見他的衣服，在腹部的地方，有一點紅色的血跡。

慢慢地，血跡越擴越大。

江前田雙腳一軟，瞬間癱倒在地。

小琳見到江前田倒地，連忙停下來察看，發現他受傷了，立刻打電話通知方正。

躺在地上的江前田，至今還不知道為什麼黑靈會在這個時候對他下毒手。

他作夢也想不到，自己竟然會有這等下場。

眼看嫌犯倒地，小琳也不敢繼續追。

幾分鐘後，方正帶著隊員和佳萱趕到。

可是這時江前田已經肚破腸流，整個地板都是他淌出來的血。

江前田一臉不甘，雙手用力扯著方正的衣服。

失去了強大的惡靈當後盾，江前田不過就只是個人神共憤的普通少年而已。

江前田看著圍著自己的警察，心裡想著台灣警察除了抓犯人外，還能除惡鬼。

這讓江姓少年除了對警方完全改觀之外，也深深了解到何謂不知天高地厚。

如果早知道台灣的警方如此神威，他絕對不敢再這樣橫行。

但是這一切都太晚了。

「救、救我……」

江姓少年哭著求方正。

佳萱趕緊檢查江前田的傷口。

黑靈這一下，擺明是要拖住方正等人，藉機遁逃，所以下手極重。

不但肚破腸流，就連內臟也被劃破。

跟他當初拿鐮刀殺害自己祖父的傷口如出一轍。

佳萱檢查過傷勢後，沉重地閉上雙眼。

江前田急促地噓下幾口氣，緊接著身體一緊，旋即再也使不出半點力了。

就在江前田斷氣之後，一陣白色的氣從他的鼻子流了出來，在他的屍體旁邊，緩緩形成了另外一個江前田。

這裡所有人都有陰陽眼，當然也看到了江前田的魂魄，就站在他的屍體旁邊。

他愣愣地看著自己的屍體，然後看著方正等人。

眾人也看向他，但只是緩緩地搖搖頭。

江前田愣了好一陣子，才了解到自己原來已經死了。

「我死了嗎？」江前田在搞清楚狀況之後，哭著問方正，「我不要死，我真的死了嗎？」

方正點點頭，但是江前田卻哭鬧了起來。

「救救我，求求你們！」江前田跪在地上求著方正等人，「我知道錯了，我會改，我還未滿十八，我不要死！」

眼看江前田一直鬧，方正大斥一聲：「夠了！你把鬼魂當成什麼了？你以為你誰啊，跟那種惡靈稱兄道弟，鬼故事聽得不夠多嗎？愚蠢，你還真以為你這樣胡搞，不會有天譴嗎？」

在方正的斥責下，江前田慢慢地低下頭。

「都已經看到鬼魂了，沒聽過相對論嗎？」方正搖著頭說，「有鬼就有神，有神就有定律，你以為你未滿十八，就不會下地獄了嗎？」

聽到方正這麼說，阿山低聲在阿火旁邊說：「相對論是在說這個嗎？」

阿火白了阿山一眼，示意阿山不要多嘴。

這時，眾人都看到在江前田身後慢慢浮現的黑影。

對於這兩道黑影，眾人一點都不陌生，他們在楓的喪禮上都見過。

「他們，」方正用下巴指了指那些黑影說，「就是陰間的警察，鬼差，現在要帶你去地獄接受審判。」

江前田看著那些鬼差，臉上盡是淚水與恐懼。

「你就好好在地獄，彌補自己的罪行吧。」方正淡淡地說。

被兩名鬼差押解著，江前田消失在眾人面前，只剩下他那已經斷氣的肉身。

方正留下幾個隊員處理善後，帶著佳萓回到爐婆身邊。

「算了，我們也盡力了。」在知道少年慘遭毒手之後，爐婆搖搖頭說：「唯一的問題就是那個跑走的黑靈。」

「嗯，不能讓他逍遙法外，畢竟這一切很可能都是他一手搞出來的。」方正恨恨地說。

「我剛剛跟他交手的時候，有一種感覺，他似乎很不想露面，所以才會一直藏在地裡。」爐婆皺著眉頭說，「所以，如果我沒猜錯的話，我們之中肯定有人認識這鬼。」

其實不用爐婆說，方正早就一直在回想到底是什麼樣的黑靈跟自己有過過節。

但是沒有看到黑靈的真面目，方正實在想不到在哪裡得罪過黑靈。

「所以，這一切很可能是衝著你們來的。」爐婆說，「換句話說，就算你們不去找它，它也很有可能還會再來找你們。差別就在於，是它單獨來，還是又牽拖一個人進來。」

聞言，方正點了點頭，思索了一會之後，向爐婆問道：「乾媽，那現在怎麼辦？」

「不好辦，」爐婆臉色凝重地說，「我有一個壞消息跟一個非常壞的消息，你要先聽哪一個？」

「啊？」方正張大了嘴，考慮了一會說，「壞消息先吧。」

「壞消息是，那個黑靈因為陰氣很低，但是怨氣很重，形成了彌留惡靈。」爐婆說。

「彌留惡靈？那是什麼意思？」

「簡單來說就是除非它找上你，不然你很難找到它。」

方正聽了，搖搖頭無奈地說：「唉，反正已經被一個呂后盯上了，再多一個怨靈好像也沒什麼了。」

方正只能這樣安慰自己。

「另外一個非常壞的消息，就是這個惡靈跟佳萱臉上的黑氣，完全沒有關係。」

「咦？」方正張大了嘴，一臉難以置信。

如果說這個鬼魂跟黑氣無關，那麼佳萱印堂上的黑氣，到底是怎麼一回事？

「她臉上的那股黑氣不太尋常，要力量非常強大的鬼魂才有可能造成。」爐婆沉著臉說，「我剛剛跟那鬼魂交手，我覺得他根本沒有力量可以造成那樣的黑氣。想要造成那樣的黑氣，必須是比那個黑靈還要恐怖百倍的鬼魂才有可能做到。」

聽到爐婆這麼說，佳萱皺起了眉頭，彷彿想起什麼似的張大了嘴叫道：「啊！」

「怎麼了？」方正擔心地問。

「我想我大概知道，」佳萱皺著眉頭說，「我為什麼會這樣了。」

「為什麼？」方正與爐婆異口同聲地問道。

第3章・三十年之約

1

半個月前。

當楓被歹徒攻擊而送醫急救時，佳萱就跟小琳一樣，一直待在醫院，希望可以等到好消息。

而就在佳萱走出醫院散心時，借婆又再度出現在她的面前。

當佳萱以為借婆還不肯放過楓，正想要宣洩自己這些日子以來對借婆的不滿時，借婆卻這麼告訴她：

「妳，我是來找妳的。我是來告訴妳，三十年之約，只剩下一個月了。

「好好珍惜，妳最後的這一個月。」

這幾句話，在這段時間裡，一直在佳萱心中沉浮。

佳萱沒將此事告訴其他人，她不希望在這個時候再增加大家的困擾。

但是，不管怎麼想，佳萱都不覺得借婆說這些話有任何善意。

再過不到一個月就是自己三十歲的生日，這點佳萱非常清楚。

到底在生日那天，會發生什麼事呢？

這些問題曾經有幾天困擾著佳萱，但是不管她怎麼想，都無法參透出任何端倪。

加上方正特別行動小組的工作繁忙，一忙之下，佳萱竟然把這件事情淡忘了。

如果不是爐婆提醒，說是個威力異常強大的鬼魂造成的，佳萱也不會想起三十年之約的事情。

佳萱將那天借婆到醫院找她的事情，告訴了方正與爐婆。

「三十年之約。」佳萱苦笑說，「其實我早就應該猜到了，爐婆妳說的應該就是這個吧？」

爐婆沒有回答，只是緊緊皺著眉頭。

「借婆所說的三十年，應該就是——」

方正當然不可能忘記佳萱的生日，尤其他還準備好要在那天求婚。

佳萱點了點頭說道：「就是我的年齡。」

過了今年生日，她就滿三十歲了，而她的生日就在三天後。

「那不就剩不到幾天？」方正苦著臉叫道。

佳萱點了點頭。

「這實在……」方正咬著牙說，「可惡！」

「妳記得自己跟借婆借過什麼東西嗎？」爐婆問。

佳萱用力地搖搖頭。

「妳到底借了什麼要用三十年換的？」爐婆喃喃自語試圖想要猜測，但是這樣的問題，除了借婆之外，恐怕永遠沒有答案。

「這到底是……」方正無力地呻吟。

2

方正的辦公室裡一片漆黑，他一個人坐在辦公桌前沉思。

他的桌上放著那個任凡給他的空瓶子，而手上則無意識地把玩著那枚幾個禮拜前跟爐婆一起去挑選的戒指。

想不到，自己原本還打算在佳萱三十歲生日那天求婚的。

「借婆要討的債，跟閻王的索命碟一樣，沒人可以不還。」

知道佳萱是因為這個原因，爐婆一臉悲哀地說。

爐婆雖然安慰兩人說不定事情沒有想像中的那麼嚴重，但是方正也不是不了解借婆。

「有她的地方，就有災難。」

記得討厭借婆的佳萱，曾經這樣跟他形容過。

想不到，最後竟然連佳萱都有跟借婆借東西。

只是，就連佳萱自己都不知道到底跟借婆借了什麼。

眼前很明顯地，擺著兩條路給方正選擇。

一條路是什麼都不做，畢竟就連爐婆也不可能搞清楚，佳萱當初跟借婆所借的東西，代價是不是真的就是死路一條。

另外，大家也不知道佳萱所借的東西，可不可以退貨。

且就算可以退貨，佳萱的下場又會如何？

至於另外一條路，當然就是抵抗命運的安排，想辦法賴掉這筆債。

但是這條路說來簡單，做起來當然十分困難。

不，應該是說就連方正也不知道要從何做起。

其實一直以來，方正算是很尊重借婆。

畢竟跟黃泉界接軌的這些年中，方正也逐漸了解到，冥冥之中自有定數這個道理。

自從認識任凡之後，方正的人生觀從此脫胎換骨，從個性到對事情的看法，都跟以前大有不同，甚至可以說是變了一個人。

但是有些東西，對方正來說，永遠不會改變。

他對陰陽兩界的看法，正如他的名字，方方正正。

如果現在有人問他，對於神與世界的看法，方正肯定會回答，這世界上絕對有上帝與神，然而祂們創造出這個世界，並且訂出了規則之後，就放任我們在裡頭生活。

畢竟這也是他所看到的一切。

不管黃泉還是人世間，都有規則存在。

就好像人終歸一死一樣，或許規則有些漏洞可以鑽，但是大方向的準則、許多重要的方針，是不會動搖的。

不管是黃泉還是人世，方正都用這套標準來看待。

人世間有人世間的法律，不遵守的話，天下肯定會大亂。

而黃泉界有黃泉界的法律，不遵守的話，天下肯定也會大亂。

而借婆對方正來說，就是那個規則。

雖然她並不是創造出眾人的神，但是她的規則非常明確。

就像貸款一樣，有借有還。

當眾鬼尋求她的協助，她給予了你們因果之外的機會時，你終究要還的。

這就是規矩。

可是，當這樣的事情發生在佳萱身上，就變得複雜許多了。

方正開始懷疑這樣的規矩，到底合不合理。

方正本來就不太適合思考，他一直都遵循著從小到大被教育的規則生活。

就算是遇上了任凡，他也等於只是被重新教育了。

他甚至不曾思考過，自己有了陰陽眼，到底該怎麼運用，一切都是任凡教他的。

但是，自從手下越來越多之後，他被迫要越來越常思考。

一思考，才赫然發現許多理所當然的事情，似乎都存在著思考的空間。

而這也間接影響了方正，甚至讓他做出了退休的決定。

現在，他又被迫再一次思考借婆的存在，但是他卻沒有足夠的資訊，可以讓他做出起碼自己認為正確的抉擇。

於是，左思右想之下，方正做出了一個重大的決定。

而這個決定，不只影響到他自己，還影響到陰陽兩界，這是方正始料未及的。

3

方正將小琳、阿火、阿山與佳萱集合到自己的辦公室裡。

「阿山，那份報告弄得如何？」方正問阿山。

方正所指的報告，當然是江姓少年的報告。

江姓少年被黑靈所殺，報告當然不可能這樣寫，不過這對方正特別行動小組來說，完全不是問題。

畢竟過去有太多的案件，都是無法照實寫的。

江姓少年死後，方正將報告交給了阿山以及他的小組負責。

「正在處理，」阿山自信滿滿地說，「大隊長，你放心，在這個時刻，我絕對不會讓大家丟臉的！我已經交代下去了，這一次的報告絕對要讓上面看了聲淚俱下，就好像看大時代劇那麼感動！」

方正苦笑地搖搖頭。

這就是阿山，不管在任何時刻，都可以用最樂觀的態度來面對。

但是詢問報告的進度，並不是方正召集他們的原因。

「嗯，就像我先前跟各位說的，這起案件結束後，方正特別行動小組就正式解散了。」

聽到方正這麼說，眾人的臉都垮了下來。

「我要你們告訴你們的隊員，在大家到新單位任職之前，我會一直在這邊，直到確定所有人都分配到了新單位，我才會離開。」方正說，「至於任何人有想調職的單位，或者有什麼需要幫忙的地方，也不要客氣，這段期間我會一直在這邊協助各位。」

方正會這麼說，是因為方正特別行動小組的成員不算少，雖然有些人現在已經接到調職通知，但是有些人至今還不知道自己的下一個服務單位是哪裡。

「楓的組員，就拜託小琳妳去跟他們說。」方正對小琳說。

小琳點了點頭。

「好，另外還有兩件事情。」方正繼續說，「首先就是呂后事件，即便我離開了警界，我還是會找鬼差繼續保護阿火。當然阿火，你自己也要特別小心，在呂后正式落網之前，你要特別注意安全，一有狀況，隨時跟我聯絡。」

方正所說的呂后事件，是數個月前的一起辦公室屠殺案，員工一人失蹤，其他全數罹難，而背後的真相竟牽扯到呂后的後代因為再也受不了代代貧賤，所以才作法硬是讓呂后轉生，脫離地獄，至於那名失蹤的員工，正是呂后轉生用的肉身。

在阿火與方正特別行動小組以及鬼差們的協助下，眾人雖然阻止了呂后完全轉生，卻也讓呂后逃跑了。

呂后逃跑前特別放話，要給方正與阿火兩人好看。

所以方正這時候要阿火特別小心，畢竟呂后並不會因為方正特別行動小組解散而放棄對兩人進行報復。

阿火聽到方正這麼說，點了點頭。

「而我，即便離開警界，也會自己想辦法找到呂后的下落。」方正接著說，「至於第二件事情，是關於佳萱的。」

聽到方正這麼說，所有人紛紛看向佳萱。

佳萱似乎也知道方正要說什麼，所以抿著嘴，看著方正。

方正將佳萱被借婆討債的事情，告訴了還不知情的小琳三人。

三人聽完之後，臉色都變得十分凝重。

畢竟三人都在過去的事件中見過借婆，也知道借婆是一位黃泉界的大人物。

當然也看過她討債的模樣，在過去的事件當中，眾人都親眼看到戴億衡的下場。

「那該怎麼辦？」阿山一臉著急地說，「大隊長，你要想想辦法啊！」

眾人看著方正。

方正沉吟了一會，緩緩地說：「對於這件事情，我只有一個看法，那就是——」

眾人屏息以待方正說出自己的看法。

「我受夠了！」方正突然拍桌大聲地說，「真的是夠了！上一次是楓，這一次是佳萱！我真的是受夠了！」

想不到方正會突然大聲起來，眾人都是一臉驚訝。

跟隨方正這麼長的時間以來，方正雖然有時候會很嚴肅，但是不管遇到什麼事情，方正都還算是好好先生，眾人從來沒看過方正表現出像現在這樣的情緒。

「雖然這段時間以來，」無視於眾人的驚訝，方正繼續說，「我一直覺得，借婆的出現對我們來說，並沒有什麼不妥，畢竟再怎麼說，她應該有她自己要遵循的準則，就好像我們人世間各種不同的單位，各自負責的領域不一樣。」

眾人順著方正剛剛那股懾人的氣勢點了點頭。

「但是，或許是我多想，特別行動小組所處理的案件中，有許多都跟借婆有所關聯，所以我覺得事有蹊蹺。會不會打從一開始，這一切都是借婆搞出來的？」

方正這麼說，其他人還沒會意過來，佳萱卻第一個點頭。

畢竟打從一開始，佳萱就對借婆沒有好感。

她一直認為借婆的存在，本身就是一個錯誤與矛盾。

許多事情佳萱也都把錯誤歸咎在借婆身上，認為她出借那些東西，本來就不安好心。

「本來，我們是井水不犯河水，她處理她的事情，我們辦我們的案子。」方正沉著臉說，「但是從楓的事件開始，她卻一而再，再而三的對我們出手。」

小琳聽到方正這麼說，臉上也蒙上一層怒氣。

關於楓當時被挾持，借婆一度想要殺害楓的事情，小琳也有聽佳萱提過。

小琳當時當然感到義憤填膺，但是後來楓沒有死在借婆手上，所以小琳也沒什麼特別的意見。

但是現在方正再度提起，小琳又燃起了那種忿忿不平的感覺。

「我不想再這樣下去，這次佳萱的事情，說什麼我也要阻止。」方正繼續說，「所以經過考慮之後，我決定了，我要偷借婆的八卦杖。」

「什麼？」眾人異口同聲地發出驚呼。

想不到方正最後思考出來的結果，竟然是要偷八卦杖，這完全出乎眾人的意料。

「或許你們沒有注意到，但是我卻非常清楚，」方正摸著下巴說，「每次借婆要施法術時，都需要敲八卦杖。我就在想，或許有法力的其實不是借婆自己，而是八卦杖。」

的確，聽方正這麼一說，眾人回想起來，不管是借婆登場前一定會有的熟悉聲音，或者是她要處理一切輪迴的事物，都需要那根八卦杖擊地。

方正又說：「不管我的推論對不對，我都決定在佳萱生日之前這麼做。」

方正說得非常堅決，一旁的佳萱雖然覺得不妥，但是在手下面前，她也不方便表達什麼。

「當然，我也知道這件事情非常危險。」方正說，「所以我叫你們進來的用意是，如果我不幸回不來了，我希望你們能代替我，照顧這些隊員，直到他們都有了新的單位為止。」

「這……」

方正此話一出，所有人臉色驟變。

「所以隊長你的意思是……」小琳鐵青著臉說，「讓我們知道佳萱姊目前所面臨的困境，然後要我們什麼都不做，就在這裡等等看你會不會回來，再決定要不要幫你處理後續的事情？」

這已經是小琳對方正最大的抗議，畢竟對小琳來說，方正不僅僅是上司，更是自己尊敬的前輩，小琳幾乎不曾對方正所說的話有過任何質疑。

「是的，小琳。」方正當然聽出小琳語中帶刺，但是仍然堅定地說，「我希望大家可以平平安安離開特別行動小組的想法，從來不曾改變過。這次的任務太過危險，我決定一個人行動。」

想不到方正竟然如此堅持，小琳不敢多說，看了阿火一眼，阿火則看向阿山。

接著阿火跟小琳一起瞪向阿山。畢竟在這種時候，最牙尖嘴利且一向最會頂撞方正的阿山，竟然一直沒有開口。

阿山見兩人的眼光，立刻會意過來。

「大隊長，」阿山用誇張的語調說，「你這樣太無良了，想自己一個人當英雄也不是這樣吧？」

「我無良？」方正聽了阿山說的話，差點沒暈過去。

「不，大隊長，」在阿山開了第一砲之後，阿火也接著說，「阿山的意思是，法醫對我們都照顧有加，現在她有難，我們說什麼也不可能不管，要我們什麼都不做，有點殘忍。」

「大隊長，就算你不讓我加入，我也會跟著你。」有了阿山與阿火的助陣，小琳也加入說道。

想不到除了阿山之外，一直都很聽話的阿火跟小琳，這次的反應會這麼大，方正無奈地看向佳萱。

佳萱搖搖頭對方正說：「不要說他們三個，就連你，我也不希望你為我冒這麼大的危險。」

「可是，」方正皺著眉頭說，「妳要我們現在什麼都不做，我們實在做不到。」

「嗯，」佳萱點了點頭說，「這個我也知道。」

比起方正，佳萱更可以說是方正特別行動小組的大家長。

畢竟從挑人到最後訓練，佳萱一直都是方正的最佳幫手。

比起方正，佳萱更了解所有隊員的個性，甚至連身體狀況，佳萱也是一手掌握。

她很了解，大家知道這件事情之後，如果堅持不准他們行動，他們恐怕也會瞞著自己暗自行動。

「我希望你們可以答應我一件事情。」佳萱說。

「什麼事情？」方正問。

「如果事情太過嚴重，我希望你們可以立刻放手，不要繼續下去。」

佳萱這麼說，也是有道理的。

畢竟從古至今，從來沒有任何人敢動八卦杖的腦筋。

任誰也無法知道，偷了八卦杖，是不是真的可以幫得了佳萱。

但是，就算借婆施法不需要八卦杖，方正也肯定這東西對借婆來說非常重要，只要能偷到八卦杖，應該或多或少可以跟借婆討價還價。

這是方正打的如意算盤。

方正與其他三人互相看了一下，然後一起轉過來點頭答應佳萱。

佳萱看到四人的允諾，也緩緩點了點頭。

「哈！」阿山一臉雀躍地說，「這實在太讓人興奮了，我們就轟轟烈烈地一起去幹那根八卦杖！嗯？阿火？」

聽到阿山叫阿火，眾人回頭看阿火。

只見阿火的臉色扭曲，一臉痛苦。

這是想當然耳的結果，畢竟阿火體內的鬼魂，可沒一個不知道借婆啊！

眼看阿火竟然答應要一起去偷八卦杖，體內諸多膽小的鬼魂引發的騷動，可以想見。

「上了賊車，」阿火邪邪地笑著說，「想下車可沒那麼容易。」

見大家都在擔心自己，阿火勉強擠出一抹微笑，搖了搖頭表示自己沒事。

自從上次與呂后交手後，阿火似乎對體內的眾多靈魂，擁有比較強勢的控制力。所以即便現在體內的靈魂躁動不安，也沒有靈魂可以擠掉阿火。

上下齊心，一直是方正特別行動小組最強的部分。

以方正與佳萱為首，風林火山四個隊長帶領隊員，全心投入一個案件中，是方正特別行動小組異常優於其他小組的地方，這也是方正最為人稱道的個人領袖魅力。

雖然決定要偷八卦杖，可是方正卻沒有半點頭緒。

「如果楓在這裡就好了，」小琳苦著臉說，「如果是楓，她起碼有三種以上的計畫。」

聽到小琳這麼說，眾人的臉色也跟著哀愁起來。

的確，策劃行動是楓最擅長的部分。

在這種時刻少了楓，確實讓大家感到洩氣。

「雖然我不知道借婆什麼時候會跟八卦杖分開，」方正沉吟了一會說，「不過至少我知道，借婆常常會待在哪裡。」

「任凡的住處？」佳萱問。

「對。」方正用力點了點頭說，「從那裡下手，一定沒錯！」

4

雖然確定了借婆常駐的地點，但是實際上該怎麼做，方正仍舊一點頭緒也沒有。

為了讓行動有更完美的規劃，方正決定去拜訪一個非常重要的人物。

在略做休息之後，方正來到了這片荒地。

這裡距離任凡的住所不算遠，不過荒廢的程度比起任凡家，有過之而無不及。

過去似乎有人在這山坡上種田，因此留下了一間破爛的農舍，以及一片雜草叢生的荒田。

久無人煙的地方，現在卻異常熱鬧，不過要有陰陽眼的人才看得到。

這裡是任凡住所的眾鬼魂們，寶貴的避難地。

每當借婆徵用任凡的住所時，黃伯就會帶著群鬼來這裡避難。

方正還沒有靠近，黃伯遠遠就看到了方正，連忙過來好像好友般招呼著方正。

兩人席地而坐，閒聊了一會，說到了任凡的住所，也就是眾鬼的家，黃伯大聲地嘆氣。

任凡的住所在主人離去後，可以說是多災多難，原本就已經荒廢的大樓，現在更是變得滿目瘡痍、殘破不堪。

「唉，我們又何嘗不想重建呢？」黃伯滿面哀愁地說，「一想到任凡臨走前把這個地方交給我，我卻沒能盡到責任，心真是痛啊！」

心有戚戚焉的方正安慰著黃伯說：「不過這也不能怪你，之前先來個黃泉界的大人物也就算了，過沒多久，還來個黑靈也想破壞。好不容易躲過了這些劫難，卻萬萬想不到最後會毀在一個風水師的手上。」

最後那個風水師不但將任凡的住所掃射得到處都是彈孔，還破壞了很多地方。

兩人感慨了一陣子後，黃伯問起方正此行的目的，方正將自己打算偷取八卦杖的事情，告訴了黃伯。

「你瘋啦！」黃伯驚訝地大叫，「你知道你在說什麼嗎！」

彷彿早就料到黃伯會有這樣的反應，方正並不感到意外。

「你是認真的嗎？」黃伯張大嘴問。

方正堅定地點了點頭。

黃伯見方正似乎不是開玩笑的，愣了好一陣子才反應過來。

「唉，你不要看任凡那個樣子，你好歹也是跟他有點交情的人，」黃伯苦著臉說，「我如果不幫你，任凡知道一定會跟我翻臉。」

「我沒有要你幫我，」方正說，「我只是想要問問看，你知不知道借婆什麼時候會放下手上的杖。」

「你做這種事情，都不怕遭天譴嗎？」

方正緩緩地搖了搖頭。

「拜託，借婆手上的八卦杖耶！」黃伯還是很難相信方正所說的話，「那你不如去偷生死簿算了，說不定還簡單一點。」

「黃伯，」方正說，「你也算了解我，相信我，如果有別的辦法，我一定願意嘗試。我會這樣決定，是真的沒有辦法了。」

方正此言不假，畢竟方正當初到任凡住所那見鬼連三暈的紀錄，至今還是聚集在這裡的鬼魂，津津樂道的話題。

黃伯看著方正，一會欲言又止，一會又掙扎萬分。

方正倒也不催促，等黃伯慢慢想。

「……機會倒也不是沒有，」黃伯掙扎了半天，勉強地說，「該怎麼說，我知道有一個時候，借婆不會拿杖。」

「喔？」方正雙眼都亮了起來。

「就是當她坐著的時候。」黃伯接著說。

方正聽了，臉瞬間垮了下來。「聽起來有點像是廢話。」

「你才是廢話，不懂別裝懂。」黃伯啐道，「我們是鬼，不是人，除非假裝自己還活著的那種感覺，或者是生前的一種習慣，不然一般來說，我們是不坐的，因為我們不會累啊。」

聽到黃伯這麼說，方正想想也對，鬼是不需要坐的。

「是，抱歉，黃伯，」方正誠心地道歉說，「那麼請問一下，借婆什麼時候會『坐』呢？」

「當她冥想因果的時候。」黃伯一臉肯定地說，「你想想，借婆需要處理的因果，是如此的龐大，牽扯又如此的廣，正所謂牽一髮動全身，所以她需要很長的時間來釐清，這也是我聽任凡說的。」

方正理解地點了點頭。

「借婆這幾天回來之後，就沒有再出門。」黃伯回想著說，「以過去的經驗來說，我猜她可能又在冥想因果了。」

「換句話說，」方正面露喜色說道，「借婆現在就待在任凡的辦公室裡，而且她並沒有把杖拿在手上？」

「按理說是這樣沒錯。」黃伯點了點頭說，「如果你們可以偷偷潛進去，或許，我只是說或許，你們會有一點點機會。」

5

在得到了這個寶貴的情報之後，方正立刻回到行動小組，將這個消息告訴其他人。

「問題是，」阿山皺著眉頭說，「不要說借婆是鬼，就算借婆是人，這等於是要潛入一個不是睡著喔，是還醒著，只是閉目養神的人身邊，偷走一根枴杖，光是這樣想，我就覺得這是不可能的任務了。」

「那就不要這樣想，」方正白了阿山一眼說道，「借婆終究還是鬼，任凡曾經跟我說過，撚婆那一派的法術，最擅長的就是遮鬼眼。爐婆跟撚婆師出同門，我想我乾媽一定有辦法幫我們遮掩。」

什麼有的沒的一堆婆，那個任凡又是哪一號人物都不重要，聽方正這麼講，阿山立刻寒毛直豎。

想到自己跟方正曾經為了捉拿害死佳萱學妹的兇手，兩人脫光衣服、光著屁股，全身抹著噁心至極的泥巴，還得憋氣才能穿越鬼海的景象，現在說不定又要重演一次，就覺得自己上輩子果然是嗜血大刀王，否則命運不會這麼多舛。

「只要能夠遮住鬼眼，我相信，偷八卦杖就不是問題。」

完全無視阿山的反應，方正信心滿滿地說。

第4章・逆天

1

正式行動，剛好在佳萱生日前的二十四小時。

方正費了好大一番功夫，才成功隱瞞住自己要這些遮鬼眼的道具，是為了偷取借婆的八卦杖。

方正告訴爐婆，這些是為了讓佳萱可以在短時間內，躲過借婆的目光。

雖然爐婆一方面認為，遮鬼眼法術，對借婆這樣法力高強的鬼魂不一定有效；另一方面則認為，這種方法只能躲得了一時，不可能徹底躲過借婆的索討。

但是在方正的堅持下，爐婆還是將方法與需要用到的道具，交給方正。

這些道具方正並不陌生：蓋棺泥與迷魂燭。

這兩樣法寶，正是方正與任凡第一次相遇，並一起對付黑靈所用到的東西，也可以說是方正學會對付鬼魂的第一招。

蓋棺泥因為陰氣極重，所以可以遮住鬼魂的雙眼，蓋住生人的生氣，讓鬼魂看不到人。

而迷魂燭燒出來的香氣，可以掩蓋住人氣，掩飾人的氣味。

這兩個道具可以說是遮鬼眼基本中的基本，就好像哆啦A夢的竹蜻蜓與任意門一樣。

原本方正還想要多一點更高階的東西，看爐婆那狐疑的表情，擔心露餡，只好將就一點。

雖然特別行動小組是以方正為主、為了方便方正辦案才特別成立的，但是在組織中也算是特殊部門，所以特別行動小組的成員，本來就受過專業的攻堅訓練及一些基本的反恐訓練。

雖然方正不希望捲入太多成員，但是想要帶著迷魂燭上六樓偷取八卦杖，至少需要三到四個人，所以方正不得已，只好多找來兩個人。

再怎麼說方正也不可能讓小琳光著屁股跟著大家一起爬上去，所以方正多找來了阿山小隊的副隊長阿勇，以及同樣是阿山小隊、阿勇的好夥伴阿強。

阿火的狀況不適合潛入，畢竟阿火體內那些鬼魂，沒人敢保證會不會突然失控，更何況他們即將面對的是借婆這等大人物。

雖然現在的阿火，已經擁有大部分的主控權，但是狗急尚可跳牆，誰知道這些鬼魂會不會一急，就暴露了眾人的行蹤。

所以最後是由方正、阿山、阿勇還有阿強四人，一起從外面爬到六樓，潛入任凡的住所。

有過經驗的方正與阿山，對於抹泥還算勉強可以忍受。

但是阿勇跟阿強可就痛苦了，那種汙泥抹在光溜溜的身體上，兩人的表情苦到就好像掉入糞坑中。

接著四人小心翼翼地繞到目的地後方，用拋繩槍將繩索射到屋頂，準備用攀爬的方法上六樓。

在爬繩之前，四個脫得精光的大男人就佇立在大樓下。

看到這場景，阿山苦笑說：「天啊，這是所有狗仔隊的夢想啊。」

「啊？」

「警界傳奇白方正警官，率領部下全裸塗泥爬樓，光這個標題就可以上頭版了。」

三人不約而同白了阿山一眼。

在正式出發之前，方正再三耳提面命，告訴大家蓋棺泥與迷魂燭只能遮住鬼魂的視覺與嗅覺，所以等等到了樓上，一切都要小心，切忌發出任何聲響，而迷魂燭也千萬不能熄滅。

在確定三人都了解之後，方正帶著眾人，開始爬繩索，一路攀爬到六樓，也就是任凡的辦公室兼住所。

即便受過訓練，但是眾人一來不曾光著身子，二來更沒有抹泥巴做過這些動作。

一方面害怕泥巴脫落太多，一方面又得注意迷魂燭的情況，再加上滑不溜丟的泥巴讓眾人幾乎是爬兩樓掉一樓，光是爬到六樓，就已經讓四人精疲力盡了。

四人悄悄地從客房的窗戶進入屋內，由於沒有正常的通道可以通往這裡，所以即便這裡多次遭遇危難，房間內依舊完好如初，跟任凡離去時一樣，這是方正唯一值得欣慰的地方。

方正確認好其他人的狀況後，便指揮大家跟著自己。

他們從客房旁的通道，一間一間搜查過去。

雖然早就知道，也做好了心理準備，但是當眾人彎到其中一個房間內、看到借婆時，仍然不免心臟狂跳，感到震撼。

借婆就閉著雙眼坐在那裡，氣宇軒昂、霸氣萬千，感覺就好像皇上坐在皇位上。

不只有方正，其他三人也被借婆冥想的模樣震懾住，那種感覺有種神的祥和與威嚴。

總覺得今天的借婆，特別不一樣，或許是作賊心虛吧？可是方正總覺得此刻的借婆，比起過去所看到的，給他更多一層的震撼與恐懼。

情況正如黃伯所說的，借婆的手上並沒有拿著八卦杖，八卦杖此刻被擱在房間的角落。

這意味著眾人必須經過借婆面前，然後沿著牆邊，繞到房間後面，才能拿到八卦杖。

不過眾人已經沒有退路，騎虎難下，這時候也只能由方正領隊，陸陸續續進入房間內。

眾人腳步異常沉重，屏住氣、不敢妄動，只敢跟著前面人的步伐。

一步一步，四個光溜溜的男人，就這樣在一個黃泉界的大人物面前遊走。

光是這個景象，就已經夠荒唐與逆天了，更遑論四人的目標是借婆的八卦杖。

從踏進房間後，方正的臉就沒有鬆弛過，一臉痛苦的模樣，帶著眾人走到房間深處。

為什麼？為什麼？為什麼？

這是命運的巧妙安排？還是孽緣的作祟？

為什麼是這個房間呢？

痛苦的記憶，又再度浮現方正的腦海之中。

當初，方正與任凡就是在這個房間，抹著蓋棺泥、點著迷魂燭，與鐵刀僵持不下的啊！

同樣的情景，又再度出現了，只是這一次，對手可比黑靈還要恐怖萬分。

自己也不是跟任凡，而是跟另外三個門外漢，其中還有兩個是初體驗，一起光著屁股，走這段漫長的路。

不過幾步路的距離，卻像爬萬里長城般漫長。

四個壯碩的大男人，不管怎麼小心，也不管動作如何輕盈，每踏出一步，總會有人發出一點細微的聲響，每一點聲響，在這寂靜的夜裡，都像鼓聲一般，震撼著眾人。

四人身上不斷冒出汗來，身上的汙泥也開始緩緩滑落。

這一段路可是四人人生中，走過最漫長驚險的道路啊。

驚心動魄的程度，讓人生不管怎樣都有辦法可以樂觀面對的阿山，第一次知道恐怖與絕望是什麼模樣。

阿山一副快哭的模樣，卻不敢發出任何一點聲音，那張臉要多苦就有多苦。

上一次，方正與任凡跟黑靈在這個房間展開的是持久戰，兩人必須在不被發現的情況下，待上數個小時，等待鬼差來抓鬼。

然而，此次卻是完全不同的情況，隨著迷魂燭越燒越短，再加上身上的汙泥越掉越多，眾人必須在極短的時間內，盡快拿到八卦杖之後逃之夭夭。

好不容易四人穿過了借婆，方正回頭，用手勢示意其他人在原地等著。

方正獨自走過去，終於，他輕輕地拿起了八卦杖。

原本還擔心八卦杖會不會有生命，或是與借婆之間有感應，畢竟方正看過好幾次八卦杖上面的八卦球自己轉來轉去。

不過現在的八卦杖卻像是根普通的枴杖，沒有任何動靜。

方正小心地退回來，然後要大家轉身，開始朝門口退出去。

整場偷取八卦杖的行動，在殿後的方正踏出門口之後，總算是有驚無險地達成了。

只是，方正等人沒發現的是，就在大夥夾帶著八卦杖離開的同時，身後，原本應該正在冥想的借婆，緩緩張開了雙眼。

想不到偷取八卦杖，比想像中還要簡單。

即便如此，方正等人還是不敢大意，就好像小偷，在偷了東西之後，最重要的就是潛逃，盡可能用最快的速度逃離案發現場。

方正與其他三人，在順利回到樓下之後，將身上的蓋棺泥擦乾淨，穿上衣服，與在門口把風接應的其他人會合，七個人分成兩輛車，開始逃亡之旅。

前面的車子，由方正駕駛，載著佳萱與小琳，以及最重要的八卦杖。

後面的則由阿山駕駛，載著阿火與阿勇、阿強，跟在方正的車子後面。

按照方正的計畫，眾人盡可能遠離台北，往南逃，到時候再看情況要躲在什麼地方，然後用爐婆給方正的那些東西，先設法讓借婆找不到佳萱，熬過生日再說。

七人兩輛車朝著交流道開去，就在距離交流道差不多還有五百公尺時，突然，坐在後面那輛車客座的阿火感覺到不對勁。

阿火對著阿山大叫了一聲：「小心！」

就在阿火叫出聲的同時，兩輛車子的輪胎瞬間爆裂，車子立刻打滑失控。

所幸開車的方正與阿山都受過訓練，在有驚無險的情況下，將車子煞住。

車子才剛停下，方正、阿火、阿山與小琳立刻衝下車。

兩輛車子竟然會在同一時間爆胎，這絕對有鬼！

「想不到借婆那麼快就追上來了。」方正絕望地說。

阿火張開嘴正打算回話，這時突然一雙手從車底下竄了出來。

「不是借婆！」見到這一雙手，方正大呼，隨即跳回車上。

其他三人見了，也跟著跳到車子上，想辦法讓雙腳離開地面。

這雙手眾人都見過，正是前幾天剛結案的江姓少年案中，與少年同夥的黑靈。

真是屋漏偏逢連夜雨，不，或許應該說，原來這黑靈逃跑之後，竟然不想辦法逃遠一點，反而還一直跟著方正等人。

一般的鬼魂只要魂魄被打散，都需要花上好一段時間才能把所有魂魄聚集回來，恢復原有的力量。

被打散的魂魄就像被敲碎的物品一樣，魂魄重的就像被打碎的磚頭一樣，碎片飛得很快很有力，卻噴不遠；而魂魄輕的則像被打破的羽絨枕頭，羽毛飛散的速度很緩慢，然而一旦飛遠了，很可能就找不回來了。

陰氣越低的鬼魂力量越輕，魂魄的質量也越輕，一旦魂飛魄散，在魂魄飛遠之前幾乎就已經沒有力量再拼湊回來了；而陰氣重的鬼魂，在魂飛魄散之後，反而還有餘力可以將四散不遠的魂魄撿拾回來，只是得花上一段時間。

然而眼前的這隻鬼魂正如同爐婆所說的，它的陰氣低，怨氣重，雖然質量很輕的魂魄被打散了，但靠著那股足以變成黑靈的驚人怨氣轉化的力量，在魂魄還沒飛遠之前便又快速凝聚了起來。

就在方正幾乎快遺忘它的存在時，又在這種關鍵時刻出來攪局，這完全出乎方正的意料之外。

「是那傢伙！」阿山驚呼。

阿火在黑靈靠近的時候就發現了，想不到對方竟然毫無遲疑，立刻從地底伸出手，分別捏爆兩輛車子的其中一個輪胎，害他們差點翻車。

「又是這隻縮頭鬼！」阿山破口大罵，「要想辦法收了它，差點害老子翻車。」

「哼，就憑你？」黑靈回嗆。

黑靈話才剛說完，後面的車子就開始激烈搖晃起來。

車上的四人，早就知道黑靈肯定會來這招，所以已有準備，雖然車子搖晃得很厲害，但眾人抓得很緊，沒人被甩下車。

黑靈見沒人被搖下來，也不再白費力氣，那雙手晃到了兩輛車中間，指著前面那輛車說：「這是我跟白方正的私人恩怨，我不想傷害其他人。白方正！你給我下車！現在沒有老太婆罩你了，我看你還有什麼花招，你這膽小鬼，給我下來！」

「你沒搞錯吧！」沒等方正回應，小琳臭著臉叫道，「膽小鬼是你吧，連用真面目見人都不敢，還在那邊大言不慚。」

「就是說嘛。」聽到小琳這麼說，阿山立刻聲援，還揮著手要兩個手下一起說。

「對啊。」

「根本就是俗辣。」

阿勇跟阿強勉為其難地跟著起鬨。

「住口！」黑靈怒斥道，「好！今天我就讓你死個明白！」

黑靈在小琳的冷嘲熱諷之下，緩緩從地底下浮了出來。

「是你！」

「怎麼會！」

看到黑靈的真面目，驚訝得合不攏嘴的不只有方正，其他人也都是一臉驚訝萬分。

因為眼前的這個黑靈不是別人，正是被眾人戲稱史上最弱鬼魂，曾經纏著方正好一段時間，就連長期在外辦案的小琳與待在療養院一陣子的阿火也都有見過，想要紅遍黃泉界的鬼，伊陸發啊！

3

伊陸發在跟方正合作收伏了一個黑靈之後，他覺得他跟方正的搭檔，應該可以紅透全黃泉界。

誰知道，方正竟然告訴他，自己一點也不想要走紅，這讓伊陸發氣絕，所以決定跟白方正分道揚鑣。

再加上伊陸發跟在方正身邊一段時間，看過方正的能力，知道他只是個虛有其表的傢伙。所以他毅然決然地離開了方正，獨自追逐夢想，在黃泉界打響自己的名號。

他覺得方正很有可能是因為本身無能，所以需要找一個能力高的人或鬼來搭檔。

因為他壓根不相信，這世界上會有人不想揚名立萬、成名天下。

所以伊陸發決定繼續自己的鍛鍊計畫，他一定要成為一個能力高強的鬼魂，讓白方正後悔莫及。

這原本就是伊陸發變成鬼之後，一直努力的目標。

可是過去的他不行，現在的他一樣不行。

就這樣折騰了數個月，一無所有的他，再度來到方正特別行動小組本部門前，卻被眼前的景象給震懾住了。

只見本部外面，聚集了大量的鬼魂，熱鬧到不行。

這到底是怎麼回事啊？

伊陸發愣愣地看著那條從本部門口排到對街的鬼隊伍，這場景簡直就跟當年的黃泉委託人住所如出一轍。

「你們，」伊陸發靠近那條隊伍，隨便找個鬼魂問道，「是在排什麼啊？」

「走開，不要想插隊喔！」那鬼魂緊張地說。

「不，我沒有要排，我只是想知道你們到底在排什麼啊？」

「當然是排隊要見黃泉偽託人啊，不然要見你啊？」

「啊？」

伊陸發張大了嘴，一臉難以置信，為什麼見個方正還需要排隊？

「哎呀，小兄弟，」排在前面的鬼魂好心地說，「你有所不知啊，最近黃泉界出現的這個黃泉偽託人，是個非常不得了的人物。他接受委託完全不需要報酬，比以前的那個黃泉委託人好，真是佛心來的。」

「嗯，不過他接案子很隨緣，」另外一個排隊的鬼魂說，「有傳說大部分都要跟案件有關的才會接。」

「這樣我的很有希望被他接受。」其中一個鬼魂說。

「你要委託什麼？」其他鬼魂問。

「我要他去抓我家那個淫婦！那女人竟然在我死後，立刻跟姦夫搞上，拿了我的遺產跑了，丟下我的老母跟小孩。」那鬼魂氣憤地說。

「哎呀，你人都死了，何必那麼看不開咧？」其中一個比較年長的鬼魂勸道，「難不成你想要人家為你守寡啊？時代不一樣了，小子。」

「放屁，我還沒掛，那對狗男女就搞上了。」那鬼魂恨恨地說，「是我死之後才知道的。」

「拜託，像你這種家務事，還是快點回去吧。」一個鬼魂笑罵道，「有種一點就自己去嚇嚇他們，給他們一點教訓就好啦，動用到黃泉偽託人，太誇張了啦。」

「切，你說了算嗎？」那鬼魂一臉不以為然，「不管，不試試看我不甘心！」

對於眾鬼的嬉鬧怒罵，伊陸發沒有半點反應，因為他已經氣到整個軀體都在發抖了。

「他比黃泉委託人好？」伊陸發的怒火爆發，大聲罵道，「你們懂什麼！他不過是以前那個黃泉委託人的跟班而已！」

伊陸發極度不爽，他心目中的偶像，竟然被這群鬼魂拿來跟這個只靠張嘴的傢伙相提並論？

沒給這群鬼魂反擊的機會，伊陸發飆完之後，轉頭就走。

伊陸發心中很恨，恨方正的嫌棄、恨方正的遺棄，更恨自己的無能為力。

雖然伊陸發甚至連去找借婆的勇氣都沒有，但是他有的是滿腔對方正的恨、對這個世界的恨。

他更痛恨自己當初所做的抉擇。

想當初在任凡的住所時，他有機會在黑靈與方正之間做出抉擇。但是他卻誤信了奸人，相信了方正，所以到現在還是個沒有能力的小鬼。充其量，自己不過是被方正利用的棋子而已。

只會靠一張嘴的方正，憑什麼擁有自己夢寐以求的一切！

這時，他想到當初黑靈說過，如果他幫助了他，他會把自己的力量分一點給他。

這讓他頓悟了一個道理，如果黑靈沒有騙他的話，黑靈的力量是可以被吸收瓜分的。套用一個武俠小說的術語，這對伊陸發來說，就是打通了任督二脈。

他立刻聯想到最有可能產生黑靈的地方，就是命案現場。

只不過，雖然每分鐘都有人殺人，但是想要隨便亂晃就遇到，可比伊陸發想像的還要困難。

於是，伊陸發改變了方法，而這個改變，也注定讓他踏上了一條不歸路。

就好像永遠追不到新聞的記者一樣，他決定與其被動地等待新聞發生，不如自己製造新聞。

就這樣，伊陸發決定自己製造命案。

而這樣的決定，也確實讓他成為了黑靈，但是同樣地，他的心也跟著墮落到自己都無法想像的境界。

他找到一些邊緣青少年，用鬼語混亂他們的心智，讓他們犯下大錯，然後在命案現場吸收暴戾之氣。

經過日積月累的努力，他犧牲了不少青少年的未來，但是也獲得了他最夢寐以求的力量。

而當他發現自己擁有力量之後，第一件事情，當然就是找白方正報仇。

只是他萬萬想不到，雙方的第一次交手，竟然會被一個老太婆給破壞，讓他不得不落荒而逃。

在下手殺害江前田、順利逃離小琳的追擊之後，他沒有走遠，而是暗中跟著方正等人。

跟蹤對伊陸發來說，是唯一一件拿手的事情，所以即便方正的身邊，擁有像阿火那般對鬼魂有雷達一樣感應力的人，也沒能發現伊陸發。

想不到，他竟親眼目睹了方正等人去偷八卦杖的情況。

他看到了方正等人脫衣抹泥後，就失去了他們的行蹤，原本還以為自己的跟蹤被發現了，所以他們才會這樣躲避自己的耳目。

就在伊陸發還猶豫不決、不知道該怎麼找到方正等人時，他們又再次出現在他眼前，他們抹去了身上的泥巴，手上還多了一根上頭有八卦球的手杖。

方正等人竟然偷了借婆的八卦杖？伊陸發擔心借婆會出手，破壞他手刃仇人的計畫，所以才會在眾人逃跑的時候出手。

因為他非常確定，沒有那個老太婆的方正，不可能有能力對付自己。

4

在小琳等人激將法的刺激之下，伊陸發露出了他的真面目。

方正等人不明白伊陸發是怎麼變成黑靈的，但是他們很清楚地知道，這個黑靈是個殺人兇手。

方正先是一愣，旋即變臉罵道：「伊陸發！你知不知道自己到底做了什麼事！」

「你沒資格跟我講這個！」伊陸發恨恨地說，「你這不要臉的傢伙！」

「我？」

「對！」伊陸發罵道，「有福你自己享，利用完我就把我踢一邊，自己快快樂樂當你的黃泉偽託人！」

「你瘋啦！」方正張大嘴說，「這算什麼福？不管怎麼說，你現在殺了人耶，你以為是在玩嗎？」

「當然不是在玩！」伊陸發仰著頭說，「我說過了，我不要平凡地過一生！」

「你這冥頑不靈的鬼！」方正握緊了拳頭說，「我已經跟你說過了，只要一直做正確的事，就會變得偉大。你到現在還是不懂，重要的不是你有多少能力，而是你做了什麼事情，這才是評價你的東西。」

「住口！你這個偽君子！」伊陸發指著方正罵道。

「隨便你怎麼叫我，你已經沒有機會了，」方正咬牙切齒地說，「不管你到天涯海角，不管你將來如何悔過，我跟你保證，就算我散盡家財，也會請鬼差把你抓回地獄，讓你為自己的所作所為負責！」

「哈哈哈，你不要笑死我了。」伊陸發指著方正囂張地笑著說，「你以為你還有將來嗎？我今天就要你死在這裡！」

聽到伊陸發這麼說，所有人都下了車，阿火更是二話不說，直直走到伊陸發跟方正之間。

「我最後再說一次，」伊陸發一臉跋扈地說，「我只針對白方正，不想傷害其他人，但是誰敢阻撓我，我就殺了誰！」

聞言，阿火也不回話，只是伸出手來，向伊陸發比了比手勢，要他直接上，挑釁意味十足。

伊陸發見阿火完全不把自己放在眼中，心中憤怒難當。

伊陸發當然知道阿火，只是他對阿火的印象，還停留在那個無法自主，身上寄居許多鬼魂，不需要自己動手，隨時都會瘋掉的蠢蛋。

「哼，」伊陸發冷哼了一聲說，「看樣子，不給你們一點教訓，你們是不知道天高地厚了。」

伊陸發說完，伸出雙手，只見他的手不斷冒出黑氣，那些黑氣聚集在指間，就好像延伸出來的長指甲，也像電影中鬼王佛萊迪的長爪般，鋭利無比。

伊陸發突然猛衝，衝到阿火身邊，朝阿火喉頭猛力劃去。

這一下快如閃電，所有人驚呼了一聲，但是呼聲發出來的同時，伊陸發的手已經揮過了阿火的頸部，阿火連閃都沒有閃。

「哼，現在看看還有誰敢……啊？」

伊陸發原本囂張地說，但是看到阿火竟然沒有噴血，臉上瞬間轉為訝異。

伊陸發簡直不敢相信自己的雙眼，他明明用足力道劃開了阿火的喉頭，為什麼阿火卻毫髮無傷？

當然，伊陸發怎麼可能看得清楚，就在他的利爪要觸碰到阿火喉嚨的那一瞬間，阿火頸部浮現出來的，正是被阿火體內鬼魂們稱為守護者的阿巴手臂，幫阿火擋住了這一下。

「現在換我了。」無視於伊陸發的驚訝，阿火冷冷地說。

阿火一巴掌朝伊陸發揮下去，伊陸發冷笑一聲，爪子對準了阿火的手，打算讓他自己撞上來。

想不到阿火的手在碰到爪子之前，猛然停了下來。

這一下停得如此突然，讓伊陸發一愣，定睛一看，從阿火的肩膀竟然伸出了許多隻手，抓住了阿火的手，讓他停下來。

這場景十分詭異，讓伊陸發看傻了眼，下一秒伊陸發的全身彷彿被炸彈炸到般，一陣鋪天蓋地的黑影，襲擊了伊陸發的全身。

而就在伊陸發被打飛的瞬間，他終於看清楚了，原來阿火根本沒有動手，而是他體內的那些靈體，短暫鑽出阿火的肉體，對伊陸發施以拳腳攻擊。

伊陸發又驚又怒，趁著著地的機會，立刻又鑽入地底。

想不到方正的手下竟然有如此的神威，讓伊陸發又不得不逃之夭夭。

可惡，如果不是被那臭老太婆的香火射中，光是這些日子鍛鍊出來的怨氣，要收拾一個白方正，對他來說應該不算太難才對。

伊陸發恨恨地逃離，自責著自己的沉不住氣。

當時的想法是，如果等借婆親自出手，恐怕他的仇永遠都報不了了。

現在的伊陸發打不過方正的手下，所以只能退而求其次。

希望借婆或者其他人，可以殺掉方正，以洩自己的心頭之恨。

就在這麼想的當下，伊陸發想到了一個人，不，一個鬼魂，一個兇猛無比的鬼魂。

道上傳聞它跟伊陸發一樣，有著同樣的目的，那就是白方正。

5

方正等人好不容易擺脫了伊陸發，用最快的速度換好備胎，決定依照原定計畫，逃得越遠越好。

然而，方正所不知道的是，正因為他的行為，此刻的黃泉界也陷入了一片騷動。

消息一個傳一個，所有鬼魂都知道今天爆發了一起不得了的事件。

借婆的八卦杖竟然被偷了！

就在方正帶著八卦杖，希望盡可能逃得越遠越好的同時，消息也以驚人的速度散播開來。

當方正開著車子，剛駛入桃園境內的高速公路路段時，在苗栗的鬼魂已經聽說了這個消息。

而當方正一行人抵達台中時，連屏東的鬼魂都得知了這個消息。

所有鬼魂都騷動了起來。

借婆的八卦杖被偷了！

這可是黃泉界破天荒的大事啊！

所有鬼魂聽到這個消息，無不驚訝無比，對這件事情，也有各自不同的看法。

有些鬼魂認為這是個討好借婆的好機會，也有鬼魂肖想著八卦杖的法力。

當然，絕大多數的鬼魂都認為，這很可能是一個好機會，讓自己的債可以一筆勾銷，只要能夠拿到八卦杖的話……

這夜，台灣各地的鬼魂，紛紛活躍了起來。

陽明山頂，兩個鬼魂看著絡繹不絕下山的鬼魂，緩緩地搖了搖頭。

「黃泉偽託人……」其中白鬍鬚長到肚子的鬼魂搖著頭說，「真是想不到啊。」

「想不到什麼？」另外一個黑鬍鬚長到肚子的鬼魂張大眼問。

「好日子過不到幾年，距離上次大戰，好像還不到十年吧？」

「嗯，」黑鬍子鬼說，「這好日子真的過不了多久啊。」

「我早就說過了，我們不該幫任凡對付武壘。」白鬍子鬼說。

「你有這麼說過嗎？」黑鬍子鬼張大眼睛說，「我記得好像是你決定要幫任凡的。」

「唉，黃泉界成也任凡、敗也任凡啊。」白鬍子鬼完全不認帳，搖著頭說。

「這干任凡屁事啊，死老鬼！」黑鬍子鬼挑眉說，「現在是黃泉偽託人惹出來的，你這不是哪壺不開提哪壺嗎？」

「沒有任凡，你以為他會成為黃泉偽託人嗎？」

「呿！那照你這麼說，如果任凡拉過屎，天下的屎都是任凡拉出來的嗎？」黑鬍子鬼粗俗地說，「你的邏輯跟你的棋藝一樣爛透了。」

「聽你這比喻，我才覺得你的邏輯跟你的棋藝一樣爛透了。」白鬍子鬼不悅地說，「眼看第七次黃泉大戰就要開始了，你還在這邊胡說八道。」

「胡說八道的是你吧！」黑鬍子鬼也不悅地說，「硬要把這筆帳賴給任凡，話說你又憑什麼說，這一次會引起第七次大戰？」

過去，黃泉界一共引發了六次大戰，幾乎每次大戰都相隔數百年之久，可第六次的黃泉大戰距今還不到十年，想不到第七次就要爆發了。

而第六次黃泉大戰，就是著名的任凡對上武則天。

「你覺得那女人會放過這個好機會嗎？」白鬍子鬼說。

「哼，你說呂后嗎？」黑鬍子鬼邪邪地笑著說，「她肯定會有動作。」

「那你還說沒有大戰？」

「哈哈哈哈，呂后那傢伙還不成氣候。」黑鬍子鬼說，「不然我們來賭，我賭這次大戰不會發生。」

「賭就賭，怕你不成？」白鬍子鬼說。

「那就成立了，你要小心啊。」

「小心什麼？」

「小心這次我真的會跟你要賭債。」黑鬍子鬼突然沉著臉說。

白鬍子鬼聽了也沉下臉來，兩鬼互看了一眼。

而就在兩鬼鬥嘴的同時，它們腳下的山坡大批的鬼魂宛如一片霧海般，朝山下飄去。

6

群山之間的山谷，是近幾個月來最轟動的黃泉勝地。

許許多多的鬼魂在這裡進進出出，好不熱鬧。

這裡是呂后的根據地，而在呂后面前，伊陸發畏縮地站在那裡。

「什麼？你再說一次！」呂后說。

「是真的，」伊陸發緊張地說，「他們偷了借婆的八卦杖，現在正一路朝南逃去。」

呂后聽了，眼神立刻閃爍著異樣的光芒。

她非常清楚這個情報的重要性。首先，這會是她報仇雪恨的好機會。

但是，有一個東西可能比報仇雪恨更加重要，那就是八卦杖。

對呂后來說，她是拜八卦杖之賜，才得以重返人間。

對這樣的她來說，只有八卦杖是她的剋星。

如果八卦杖落入呂后手中，只要不被鬼差抓回去，基本上，人世間沒有任何人或鬼可以對付得了她。

想到這裡，呂后的嘴角浮現一抹微笑。

看到自己的情報讓呂后開心，伊陸發向前一步，對呂后說道：「我希望在呂后您殺掉白方正之後，可以讓我跟在您的身邊。」

「喔？」呂后挑眉問道，「為什麼？」

「因為我想要成為一個有頭有臉的大人物，就像呂后您一樣。」伊陸發回答。

「嗯，聽說……」呂后懶洋洋地說，「你曾經跟這個叫做白方正的合作過？」

「合作？」伊陸發氣憤地說，「哼，我可是他的救命恩人，他有今天還不是我的功勞，不然他早就被凶靈所殺了，可是他卻忘恩負義。」

「那你呢？」呂后冷冷地問，「你把他賣給我，又有多重義氣？」

聽呂后這麼說，伊陸發張著嘴不知道該怎麼回應。

「我不會留你這種吃裡扒外的傢伙，今天你可以賣他，明天你就可以賣我。」呂后冷冷地說，「滾，不要再讓我見到你，不然我會讓你知道，地獄長什麼樣子。」

伊陸發還來不及反應過來，就被呂后手下給攆了出去。

「哼哼，哈哈哈哈！」伊陸發離開後，呂后忍不住狂笑出聲。「想不到、真是想不到，項羽居然會敗在這種人的手下。堂堂一個楚霸王，不只敗給我的丈夫，還敗給一個即將是我手下敗將的傢伙。想不到，真是想不到！」

就好像生不逢時的日本一代奇才，獨眼龍伊達政宗一樣，不知道有多少歷史學家有興趣知道，如果他早生個十幾年，日本的歷史會有多大的改變。

信長是不是真能統一天下？秀吉的繼承是不是可以如此順利？而德川家康最後是不是可以建立幕府？

對呂后而言，也有同樣的課題。

如果她是男子，那麼中國的歷史又會如何呢？

呂后沉吟了一會，然後緩緩站起身來。

「出兵。」呂后淡淡地下令。

第5章・窮途末路

1

佳萓坐在客座，今晚的她異常沉默。

兩輛車子一路向南開，沒有目標，也沒有目的。

堂堂一個警界傳奇，此時卻像個亡命之徒，駕著車在公路上瘋狂奔馳。

看著方正的側臉，佳萓感覺心如刀割，她不希望方正等人為了她冒那麼大的危險。

可是，她卻無能為力。

因為她也沒有辦法要他們看著自己身陷危險，而什麼都不做。

這時車上的對講機發出了聲音。

「大隊長，聽得到嗎？」是後面車子的駕駛，阿山的聲音。

「請說。」方正拿起了對講機回道。

「大隊長，我知道這附近有一間廢棄的廟宇，我們要不要到那邊去避避？」

方正想了一會，畢竟這裡離台北已經很遠了，應該可以找個地方，使用那些道具，想辦法躲過佳萱的生日吧？

「好。」方正回答。

達成共識後，兩輛車停到路邊，然後讓阿山把路標出來。

「那間廢棄的廟宇，」阿山告訴方正，「是我阿嬤以前投資過的，那裡的環境很好，可是後來因為沒有開發，要上去比較不方便，最後才廢棄了。」

方正看了看地圖，那間廟宇從山下過去，是走比較陡峭的那一面，看起來的確是個易守的地形。

「好，就是這裡。」方正點頭說道，「我們就先到這間廟裡，然後將蓋棺泥抹在廟上，希望可以撐到佳萱的生日過後。」

這時原本一直待在車上的阿火，突然下了車。

「怎麼啦，阿火？」看到下車的阿火臉上有異狀，阿山問道。

方正聽阿山這麼說，也轉過去看阿火，只見阿火好像喘不過氣來，還用手指著兩人的身後。

兩人回頭，只看見遠處連綿的山脈上頭蒙著一層霧，除此之外什麼也沒有看見。

阿山回過頭來，正打算跟阿火說什麼都沒有的時候，阿火沉著臉說：「你們看清楚一點，那些不是霧。」聽阿火這麼說，方正與阿山再次定睛看個仔細。果然跟阿火說的一樣，那些根本不是霧，而是滿山滿谷的鬼魂，而且正朝著這邊過來。

阿山與方正看傻了眼，愣在原地。

下一秒，兩人同時回過神來，立刻手忙腳亂地收著地圖。

「快快快！快上車！」阿山驚慌地叫著，「我的媽呀，情況有沒有那麼危急啊！」

方正根本不知道自己今晚的行動，已經撼動了整個黃泉界，還以為借婆當真恐怖，可以找來那麼多鬼魂追兵。

方正慌慌張張地上了車，連忙發動車子。

「怎麼啦？」

留在車上還不知道發生什麼事的小琳與佳萱，看方正慌張的模樣，不禁皺著眉頭問道。

方正驚魂未定，只能用手指著那片霧的方向。

小琳與佳萱一起看過去，與方正、阿山第一次一樣，沒看出什麼異狀。

方正立刻複誦阿火剛才說過的話：「看清楚點，那不是霧。」

兩人定睛一看，過了一會，也都看傻了。

知道後面有追兵，方正等人不囉嗦，快速朝地圖上的廟宇開去。

車子快速行駛在高速公路上，車子快，但是那些鬼魂更快，幾隻速度比較快的鬼魂，已經趕上後方阿山的車子。

「少年仔，不要開那麼快。」窗外的婆婆以破百的時速，對著阿山笑著說。

「靠！阿婆妳來湊什麼熱鬧啊！」

阿山還來不及對付那個老婆婆，擋風玻璃上又趴了一個鬼魂，衝著他笑。

「你們這些鬼是怎樣？我們大隊長今天搶了八卦杖，等於間接幫了你們這些鬼魂的忙耶！」阿山見狀怒罵，「你們竟然還想要來幫借婆搶回去，你們瘋啦！」

可是不管阿山怎麼說，這些鬼魂仍然重重包圍著車子，然後一個接一個撲到車上，有些甚至還想直接鑽進車裡。

其中一個鬼魂趴到了阿火這邊的車窗，阿火見了，不疾不徐地將頭轉向趴在車窗上的鬼魂，按下車窗，猛然就是一拳。

見到阿火動手，阿勇與阿強雖然不敢打，但是也盡可能地撥開那些攀進車裡的。就這樣，不時有鬼魂衝過來趴在車身或車玻璃上面，但是阿火與阿勇、阿強還是盡可能把這些鬼魂趕走。

而途中有幾隻企圖想把車停下來的鬼魂，阿山也顧不了身為警務人員必須以身作則，用時快時慢、蛇行甩尾等駕駛技術將它們甩開。

車子下了交流道，開過了市區，開上了山路，身後的那群鬼魂仍然緊追不捨。

雖然趕走了那些速度比較快的鬼魂，但是整體來說，那群有如濃霧般的鬼魂，仍然不斷逼近。

「快到了，這條泥巴路走到盡頭就到了。」阿山對著對講機跟方正說。

話雖然這樣說，但仍然有十多分鐘的車程。

而且真正的問題在於這條泥巴路，嚴重影響行車的速度，車子根本開不快。

當阿山回過頭去，看見那片鬼魂形成的霧，正朝他們排山倒海而來，絕望地叫道：「不行了，這樣下去，到廟之前就會被追上。」

聽到阿山這麼說，阿火抬起頭來，點了點頭說：「停車。」

「啊？」

「停車，」阿火說，「我來擋住他們。」

聽到阿火這麼說，阿山皺起眉頭來。

雖然知道阿火現在對付鬼魂很有辦法，但是後面的鬼魂可不是一兩隻，而是數以百計啊。

「你確定嗎？」阿山問。

「嗯，」阿火肯定地說，「停車吧。」

看到阿火堅持，阿山只好將車子停下來。

「千萬要保重啊，兄弟。」阿火下車前，阿山擔心地說。

「嗯，」阿火比出大拇指，下了車後，拍了拍車窗說，「快追上去吧。」

車子繼續朝前開去，只留下阿火一個人，站在路中央。

2

轉眼間，那群鬼魂已來到阿火面前。

所有鬼魂看到阿火擋在路中央，紛紛停了下來。

阿火沒有任何表情，走到路旁，用腳在路上畫出橫跨馬路的一條線。

面對這群數以百計的鬼魂，阿火毫無畏懼之色，畢竟，在阿火的體內，可也是有大陣仗的靈體存在。

「跨過這條線的，就是我阿火的敵人。」阿火淡淡地說。

所有鬼魂都被阿火這氣魄震懾住，短時間之內，竟然沒有半個鬼魂敢靠近。

「滾開！」一個粗魯的聲音從眾鬼魂中傳了出來，「一群窩囊廢！」

只見一個身形剽悍的壯漢，從鬼魂群中走了出來。

「不過就是一個瘦皮猴，嚇唬誰啊！」

壯漢一臉橫肉，大剌剌地朝阿火所畫的線走去。

所有鬼魂看著壯漢，不敢吭聲地看著它大腳一伸，跨過線。

壯漢的腳才剛跨過線，阿火便向前一跳，躍至大漢面前，二話不說，一拳就朝壯漢的肚子揮去。

手上延伸出來。

壯漢不屑地想要抓住阿火的手，可是還沒碰到阿火的手，就看到數以十計的手，從阿火的

壯漢的肚子瞬間就吃了十幾拳，一整個被打飛到後面。

眾鬼魂想不到壯碩的鬼魂，會這麼輕易就被阿火打飛，連忙驚慌地讓開。

這時，路的另一端，幾個比較投機的鬼魂，見阿火在對付壯漢，竟然腳底抹油，想要偷溜過線。

阿火連頭都沒有抬，又是一跳，就跳到幾個鬼魂面前，同樣也是一拳將這些投機的鬼魂打飛。

見阿火如此反應迅速，眾鬼魂一時都不敢動手。

這時突然有鬼魂叫道：「大夥一起上！先把他給擺平了！」

吆喊叫聲中，幾個鬼魂向前衝，其他鬼魂見狀也壯了膽，同時撲向阿火。

既然起了頭，眾鬼魂當然不會放過這樣的機會，許多鬼魂陸陸續續撲了上去。

數以百計的鬼魂同時向阿火發動攻擊，阿火奮力抵抗。

在抵抗中的阿火，四肢極度不協調。

畢竟四肢此刻由四個不同的靈體控制，各自對付著眼前的敵人，不只如此，就連揮出去的手、阿火的頭，還有腰，也不時會伸出手腳打退來襲的鬼魂。

數以百計的鬼魂，同時撲向阿火，卻一個不漏地被阿火擊退。

這等神威，讓原本士氣高昂的眾鬼，不免感到戰慄，許多原本還想再撲上前的鬼魂，這時也停下了腳步。

但是，就算一百個鬼魂在體內，肉體仍舊只有一個。

第一波對戰結束，就已經讓阿火氣喘如牛，全身的筋骨彷彿都被打散了般，疼痛不已。

許多比較膽小、力量比較弱的小鬼，看到阿火如此神威，被嚇到魂都不見了一半，隨即逃之夭夭。

但是，在阿火的面前，仍舊還有許多鬼魂存在，他們卻不敢妄動。

阿火雖然盡可能壓抑自己的喘氣，但是臉上不免露出疲態。

「嘻嘻嘻嘻，他在喘了。」有鬼魂說。

「他累了。」

「是啊，終究還是人類，肉體還是有極限。」

看到阿火累了，鬼魂開始騷動起來，可是卻沒有鬼魂敢越過線。

「咱們別管他了，大夥一起衝，誰衝過就算誰贏。」

果然，有鬼魂這麼說之後，所有鬼魂都深感認同。

「數到三，一起衝！」其中一個鬼魂叫道。

「一！」

「二！」

眾鬼魂一起數數，整個山谷彷彿都被撼動了。

「三！」

一數到三，所有鬼魂紛紛跨過線，阿火向前一步，體內所有鬼魂同時衝出，試圖攔住這宛如海嘯般襲來的鬼魂。

但是一個、兩個、三個……越來越多鬼魂闖過了阿火的防守，朝山上奔去。

阿火仍然沒放棄，盡可能想要攔住所有通過身邊的鬼魂。

「夠了！夠了！」阿火的意識開始模糊，體內的鬼魂立刻跳出來對阿火叫道：「阿火，再這樣下去，你的肉體會崩毀的！」

阿火的鬥志仍然旺盛，但意識卻越來越模糊，終於阿火失去了身體的主控權，軟倒在地上。

即便阿火倒地了，鬼魂們仍然不敢靠近，彷彿河流般，從阿火身邊繞開，朝山上而去。

3

方正等人終於順利到達了廟宇，擔心阿火情況的阿山，站在路口看著山坡下的道路。那群鬼魂所形成的霧氣，似乎已經消失不見了。

難道說，阿火真的解決了那些鬼魂嗎？

阿山擔心阿火的安危，來回踱步，正在考慮要不要開車下山去看看。

突然，阿山彷彿在車子附近聽到了一點聲音，聽起來似乎是衣服摩擦草地的聲音。

阿山覺得很可能是阿火，因此開心地朝草地走過去，想不到走沒幾步，腳絆到了某個東西，直接摔倒在地上。

「少年仔，我來了。」

阿山這才看到來的不是阿火，竟然是剛才那個跟在車邊的阿婆！

阿婆用手勾住了阿山的一隻腳，阿山見狀，趕緊用另一隻腳踢掉阿婆的手，這時只見阿婆身後、遠處數百公尺的地方，許許多多的鬼魂冒出了頭，朝阿山這邊而來。

驚恐萬分的阿山趕緊爬起來對著守在車子旁邊的阿勇與阿強大叫：「護駕！護駕！」

阿強與阿勇聽了趕緊跑過來，只見阿山狼狽萬分地跑向他們。

「哇靠！隊長你是皇上啊？」

「唉唷，心急咩。」阿山苦著臉說，「不然你要我喊救命嗎？很丟臉耶。」

「護駕很不要臉耶。」阿勇皺著眉頭說。

「護駕是很不要臉，但是做人寧可不要臉，也不能丟臉，這是隊長我一貫的理念。」阿山驚魂未定地看著後面，確定阿婆有沒有追上來。

「現在呢？」阿勇瞪大著眼問，「你有什麼危險嗎？」

「有！很危急！」阿山被阿勇這一問，才想到自己該做什麼，急急忙忙地說，「撤退！趕快跟大隊長說，鬼魂們都上來了。」

阿山帶著阿勇與阿強，朝廟裡頭衝去。

廟裡面，還在苦惱著到底該怎麼用有限的蓋棺泥抹這麼大間廟的方正，突然聽到阿山在外面大呼小叫。

「攻上來了，撐不住啦！」阿山叫道，「隊長，快點逃吧！」

聽到阿山喊完，方正等人才見到阿山帶著兩個手下，上氣不接下氣地跑進來。

「逃？要逃去哪裡？」方正攤開雙手問。

先前會選擇這個地方，就是因為這裡後面沒有路了，當然優點也是缺點，現在眾人真的是無路可逃了。

「這裡是你推薦的地方，」方正無奈地說，「廟這麼大間，我還在苦惱蓋棺泥根本不夠用。」

「如果只塗在佳萱姊身上呢？」小琳問。

「只塗在佳萱身上，借婆肯定還是會找上我們。」

「嗯。」小琳低下了頭。

的確，如果蓋棺泥真的發揮了作用，讓借婆找不到佳萱，借婆第一個找上的肯定就是方正等人。

「夠了。」這時一直保持沉默的佳萱突然說道。

「嗯？」

「真的夠了，不要再逃了。」佳萱說，「接下來地讓我自己去面對吧。」

「啊？」方正苦笑說，「都到了現在，妳還這麼說。」

「不，總之我們已經試過了，接下來讓我自己去面對借婆吧。」

「都已經這個時候了，不要再這樣說了。」方正勸佳萱。

「啊！」這時一旁的阿山叫道，「對了！廟後面有個小山洞，我想到了！以前拿來當作儲藏室，那裡應該很適合我們躲進去。」

眼看眾人不願意就這樣放手，佳萱感到洩氣，一方面又擔心阿火的安危，一方面又對借婆感到氣憤。

這時佳萱看到了被方正擱在一邊的八卦杖，看著八卦杖，她心中燃起熊熊的怒火，就是因為這根杖還有借婆，才會讓眾人陷入這樣的困境。

越想越火大的佳萱，一個箭步衝到八卦杖旁。

她要折斷這根爛杖，希望八卦杖與借婆都可以消失在這個世界上。

想不到佳萱一觸碰到八卦杖，八卦杖立刻發出強烈的光芒，一股強大的氣流，竟然從上頭的八卦球射了出來，直直射向佳萱的臉。

方正等人被這突如其來的情況給嚇了一跳，誰也來不及阻止這一切的發生。

「佳萱！」

方正趕到佳萱身邊時，佳萱已經暈倒在地。

「這是怎麼回事？」小琳不解地問。

但是大夥也只能搖搖頭，沒人知道到底為什麼八卦杖會突然有反應。

所幸佳萱呼吸正常，似乎只是暈過去而已，讓方正鬆了好大一口氣。

「我知道了，」阿山拍著手叫道，「這一定是保護機制！就跟科幻電影一樣，八卦杖認得借婆的DNA，所以一旦不是借婆拿的，就會發生這樣的情形。」

「那請問一下，這一路上到底是誰拿著八卦杖的？」方正還沒開口，小琳就白了阿山一眼說：「難道你要說大隊長有借婆的DNA嗎？」

「如果方正小組繼續下去的話，」方正恨得牙癢癢地說，「我不會再大材小用讓你當小隊長，我發現有一個更適合你的任務。」

「什麼任務？」阿山瞪大雙眼問。

「你就負責瞎掰報告好了，全隊的報告都交給你寫，一定可以寫得很生動！」

阿山正準備開口回話，可是瞬間感覺到那些鬼魂就在廟口了，與此同時，小琳也感覺到了。

阿山與小琳互看一眼。

「大隊長，」阿山將八卦杖撿起來，塞到方正懷中說，「快點！你快帶法醫去後面的小山洞，廟後面只有一條路，穿過樹林你就會找到了。」

方正先是不明白為什麼阿山的態度會突然變得這麼緊張嚴肅，然後看了阿山與小琳的表情之後，瞬間了解追兵已經到了。

「你們……」方正不捨地說。

「這裡就交給我跟小琳吧。」阿山笑著說。

遠處，借婆站在樹梢上，淚水緩緩地流了下來。

這一切她早就知道了，不管怎麼樣，事情終究會走到這一步。

在方正等人偷取八卦杖時，借婆並不是沒有發現，而是讓事情自然發展。

畢竟借婆比起鬼還更像是神，蓋棺泥跟迷魂燭對借婆是沒有效的。

而就在佳萱觸碰到八卦杖的那一剎那，借婆就已經不再是借婆了。

借婆的身後，浮現了葉聿中的身影。

「時辰到了，借婆大人……」葉聿中對借婆說，「不，對不起，閻王大人，上位的時刻到了。」

借婆緩緩地點了點頭，伸手拭去眼角的淚光，多看了下面的廟宇一眼之後，轉過身去。

「恭迎別殿因果殿閻羅王大人回宮，起駕！」

葉聿中對著身後一喊，樹梢上閃現出一個又一個鬼差。

第6章・真相

1

正當大家亂成一團的時候，佳萱終於清醒過來。

雖然昏迷了一會，但她記得很清楚，方正等人因為要幫助自己躲過借婆的法眼，偷了八卦杖後，躲到一間廢棄廟宇裡。

而自己剛剛打算弄斷八卦杖，然後接下來的事情就——

佳萱正努力釐清現在究竟是什麼狀況，因為眼前的景象，讓她感到莫名其妙。

不見方正、小琳與阿山等人，也沒有什麼廟宇跟追上來的鬼魂。

眼前，只有白茫茫的一片。

難道這就是借婆所說的三十年之約，要償還的東西？

自己……死了嗎？

對平時就看得到鬼的佳萱來說，總覺得死亡不應該這麼虛幻，況且如果自己死了，鬼差呢？

佳萱站起身來，摸著一片白往前走幾步，白霧漸漸消散。

遠處，雖然看得不是很清楚，但佳萱卻很明白地知道站在那裡的熟悉身影，就是借婆。

這果然是借婆弄出來的嗎？

值得慶幸的是，借婆似乎沒有發現自己正在遠處觀察著她。

正準備盤算接下來該怎麼做的時候，佳萱發現似乎有人正在接近借婆。

來的是一位小女孩，她手中還拖著一條幾乎跟她身形一樣大的白狗，而且不知道為什麼，佳萱總覺得對這個小女孩並不陌生。

女孩就這麼站在借婆身邊，兩人似乎很習慣彼此的存在，什麼話也沒多說。

就在女孩站定位之後，一個鬼魂找上了借婆，似乎是在向她乞求東西。

此時的佳萱就好像是在遠眺百米外的畫面，只見類似的畫面不斷重複上演，一個接著一個的鬼魂來找借婆，而那小女孩始終安靜地站在借婆身邊。

從剛剛到現在，這短短三分鐘不到的時間，已經有五個鬼魂接連找上借婆。

前一個鬼魂才剛離開，下一個鬼魂就接踵而至。

至於借婆與他們所說的話，佳萱根本聽不清楚，甚至可以說是聽不到。

一旁的小女孩，則給人與外表年齡不符的感覺，她冷眼看著借婆與陸續前來的鬼魂，並且明顯流露出一副不以為然的樣子。

在第五個鬼魂離開之後，小女孩似乎跟借婆起了爭執。

只見女孩伸長了脖子，絲毫不畏懼地與借婆對罵，不，應該說是小女孩單方面對著借婆怒吼，借婆則是一臉嚴肅，只有偶爾開口回個幾句。

過了一會，兩人終於停止爭吵。

就好像算準時間一樣，一休戰立刻就有鬼魂來找借婆。

這次來的是一個外表看起來病入膏肓、相當羸弱的男子。

正當佳萱苦惱聽不到借婆的說話內容時，畫面竟回應了佳萱的心聲，倏地拉近到彷彿她就站在借婆等人面前一樣。

嚇了一跳的佳萱，一時慌了手腳，只能呆立於原地。

想不到借婆完全無視佳萱，即使佳萱就站在她面前，她的眼光對焦卻不在佳萱身上。

既然如此，佳萱做了個大膽的實驗。

看準了回到借婆手中的八卦杖，佳萱突然伸手朝八卦杖一抓，卻什麼東西也沒抓到，撲了個空。

接著佳萱又拍了拍借婆的背，一樣什麼也碰不到，手就這麼穿過了借婆的身體。

這時佳萱才知道，眼前的一切都不是實體，就好像是投影出來的畫面一樣。

因此，佳萱也大膽地跟著小女孩一起站在借婆旁邊，看看借婆究竟在搞什麼把戲。

此時，站在借婆前面的這名虛弱男子，是因為心繫一本關於風水與法術的書，才會找上借婆。

雙方的對話內容，佳萱現在可以聽得非常清楚。

他希望可以借自己的屍，還自己的魂，繼續在墓穴之中，完成他的曠世巨作。

「就算是當年的華佗，」借婆冷冷地說，「來求我讓他可以滯留人間一年，重新撰寫那本被燒毀的《青囊書》，我都沒有答應。」

男子沉默沒有回應。

「你所網羅的風水術，威力非比尋常，比起華佗當年的《青囊書》，不能相提並論。」

借婆這麼說，男子反而露出得意的冷笑。

「若是落入不法之徒手中，禍害無窮。」借婆板著臉說，「所以我不能答應你的請求。」

借婆如此婉拒了他，男子眼看完全沒有討價還價的餘地，便落寞地離開了。

就在男子離開之後，小女孩怒目對著借婆說：「他要求的事情又不過分，而且風水這種東西有弊也有利啊！不法之徒要拿去用，那是不法之徒的錯，跟書本身沒有關係，說不定也有人會拿那本書去救人，妳憑什麼這麼果斷地說不行？」

面對小女孩的指控，借婆只是搖搖頭，不想與女孩繼續爭論下去。

佳萱知道借婆說的是對的，從小琳所寫的報告中，佳萱得知楓的死，就是因為一本與風水法術有關的書被人濫用了。

不過既然借婆都拒絕了，那楓的死應該不是這本書造成的。

正當佳萱這麼想的同時，畫面再度回應了佳萱，直接變換了場景。

眼前的借婆正閉著雙眼冥想，八卦杖就放在一邊。

接下來的景象讓佳萱瞪大了雙眼，只見小女孩走到八卦杖旁邊，順手拿起八卦杖就跑走了。

原來，方正並不是第一個想到要偷八卦杖的人，而且八卦杖也不是第一次被偷。

佳萱回過神來，立刻追上小女孩的腳步。

小女孩跑到了先前那名病懨懨的男子面前，露出邪惡的笑容，一把將八卦杖敲了下去。

佳萱見狀，驚呼了一聲，眼前的畫面卻開始快轉。

雖然許多都是一閃而過的畫面，但佳萱還是很清楚地知道，那些快速跳躍的畫面，正是借婆的日常作息。

除了時常與女孩起紛爭之外，每天總是有一堆鬼魂找上借婆，向她陳情並懇求借給他們一些「東西」。

而借婆也不常開金口，頂多就只是說個一兩句話，然後搖頭或是點頭。

快轉的場景，讓這些鬼魂有如排山倒海而來，佳萱不禁皺起眉頭心想，為什麼要有借婆這一號人物存在？

這樣不僅累了借婆，也只是讓更多人對自己的人生感到不滿足而已。

就在佳萱這麼想的時候，畫面回復成正常的速度，不知道經過了多久，或許是幾十年，或許是幾百年，也說不定是千年。

現在又有一個男人找上了借婆，他因為連續幾代貧苦，在最後走投無路時，只好去搶、去偷，做了一些害人的勾當。

他認為，就是因為貧苦，他才會成為亡命之徒。

也正因為這樣，他的人生一代不如一代。

他告訴借婆，就是因為窮苦、因為潦倒，他才會走投無路，做出那些自己來生得付出代價的惡行。

於是，為了不讓自己再度墮入這樣的無間道，他哀求借婆能夠借給他一世富貴。為的就是想替自己不知道多少世注定悲苦的人生，借一點生機。

然而借婆還是委婉地拒絕了他。

「富貴自有天命，一切都是果報。」借婆這麼告訴他。

對於這樣的結果，他當然不甘心。

他認為那些有錢的人，天生就是命好，他拚命工作，連自己都養不活，如果他是有錢人，他不但養得活自己，還會四處行善，如此一來，他的來生會因為這些福報，又可以富貴一生，如此富貴不息，永垂不朽。

聽到男人這麼說，一直跟在借婆身邊的女孩，似乎相當認同他的想法，跟著男人一起憤恨地看著借婆。

打從一開始他就比別人貧窮，立足點原本就不平衡，這對他來說太不公平，沒有給他機會有錢，要他如何翻身？

但是借婆始終只是搖著頭。

畢竟，就男人的觀點來說，富貴就是一種福報，然而這在借婆眼中，是最為無知的。只要是人，就會有煩惱。

從人世間的觀點來說，有錢的確就是一種生活品質的保障，讓自己不需要為了下一餐在哪裡而煩惱。

但是，如果從陰陽兩界、輪迴的觀點來看，富貴往往是一種累贅，更可能是一種詛咒。

而且從男人的雙眼裡，借婆看到了對金錢的執著，借婆知道他永遠無法領悟到這些，於是借婆只是搖搖頭，不答應男人的要求。

因為借婆非常清楚，這一借只會徒增其他因果以及新的恩怨。

看到這裡，佳萱總覺得借婆似乎有自己的一套原則，借不借，與要借的東西是否合理、是否簡單都無關。

回想起來，有太多案件都是因為錢才發生的，就連先前與方正還有阿火因為避雨躲進廟裡，那裡卻發生兇殺案，追溯其原因，說到底也是因為錢。

畫面一轉，趁著借婆冥想時，小女孩又偷走了借婆的八卦杖，毫不猶豫地直奔到剛才那個男人面前，舉起八卦杖就往地上敲。

女孩同情男人，認為他說的話很有道理，因此決定代替借婆給他一個機會，讓男人有能力改變命運，實現自己說過的話。

她深信自己這麼做才是正確的，只不過是一世的富貴，對活了五百萬年的借婆來說，人類的一生根本只是微不足道的一小段時間。

再說富貴這種東西，在女孩眼裡其實也不是那麼嚴重、那麼了不起的事情，她不懂為什麼借婆要如此苛刻，連這麼一點要求都不答應，不給人機會。

因此，女孩自以為善良地敲下了八卦杖，殊不知這麼做，會為這個男人以及其他四家人的下一世帶來多大的變卦，甚至還讓其他無辜的人，也捲入這條原本不該出現的因果線之中。

女孩看著男人臉上掛著喜孜孜的表情，一邊搓著手，嘴裡唸唸有詞，似乎是期待來世能有用不完的錢財，開開心心地離開。

此刻的佳萱是一臉錯愕，女孩的嘴角卻是微微上揚，似乎對這樣的結果頗為得意。

轉瞬間，在畫面的快轉之下，又不知過了幾個世紀。

這次找上借婆的，是一名黃姓男子。

他這輩子不但有錢而且做盡善事，被人們以黃善人來稱呼，然而卻慘遭有權力的人士陷害入獄，最後被判處極刑。

他要向借婆借的，正是他上輩子所沒有的——「權」。

他希望自己就算沒有權，也能重新投胎、出生在一個可以用錢買到權的時代。

聽完了黃善人的請求，借婆只是冷笑道：「你以為有那麼簡單嗎？你想要借的，不是你還得起的。」

「因果輪迴自有報，」借婆當然知道黃善人前世的委屈，語重心長地說，「你前世多積善德，來世一樣會出生在富貴人家，然而權這個東西，是你碰不得的。至於那個害你家破人亡的人，自然會在後世還給你，如果你堅持要借這樣東西，不但會壞了因果，也只是害人害己而已。」

借婆如此婉拒了黃善人。

但是，當女孩聽到黃善人的事情與請求之後，她再度找機會摸走了八卦杖，偷偷跑去找剛被拒絕離開的黃善人。

女孩當然知道借婆說的沒有錯，像黃善人積了這麼多善德，來世一定有福報。

然而黃善人最希望得到的福報，就是能夠有權，如果下輩子得到的福報不是權，而是其他東西的話，對黃善人來說，不就根本不算是有福報了嗎？

既然黃善人這一世行善積德無數，那就給他來世有權當作獎勵，不行嗎？

她真的不懂借婆借貸的標準究竟在哪，她相信就算黃善人有了權力，也不會為非作歹。

借婆難道就這麼不相信人性嗎？

跟借婆借東西一定有代價要償還，是整個陰間都知道的事情，即使如此，黃善人還是甘願來借了，為什麼借婆不願意借給他？

為什麼借婆要如此冷酷，不能通融呢？

為了證明自己沒有看錯人，也為了應該得到他自己想要的福報的黃善人，她找上了黃善人。

只不過，借出去的東西一定要還，而女孩想到的代價是貧賤。

既然黃善人不要錢，那麼貧窮對他來說應該不難熬，而他要了權，接下來理應把權歸還，所以她提出的代價是三世貧賤。

當然，會定下三世是為了讓黃善人自己好好審慎評估，畢竟就算沒有借權力，他還是有可能得到權力這樣的福報。

一切就看黃善人究竟有多麼想要「權」，願不願意用這樣的代價來借貸了。

聽到女孩開出來的條件，黃善人沉吟了一會，緩緩地點了點頭。

說出口就不能反悔，既然黃善人有了三世貧賤的覺悟，她也只能答應。

於是八卦杖就這樣敲在地上，回應了他的要求，而因果也就這樣被打亂了。

而這一次，佳萱當然知道，這位黃善人轉世之後，就成了極惡企業的創始人，戴億衡的父親。

當借婆回過頭來、找到女孩的時候，她知道一切都已經來不及了。

借婆露出憤怒的表情，似乎想責備女孩似地開了口，但是話到嘴邊又吞了回去，最後只是重重地嘆了口氣。

女孩並沒有表現出逃過挨罵的慶幸模樣，反而好像借婆才是做錯事的人，回瞪了借婆一眼，不悅地哼了一聲。

眼前的畫面適時地快轉，跳過了佳萱不想見的爭吵場景。

這回是幾個自稱呂后後代的鬼魂，因為受不了百世折磨，找上了借婆，希望可以找到方法脫離代代貧賤。

「不可能，這是罪刑。」借婆冷冷地說，「更何況，無間之罪、禍延子孫，並不是我定下的規則，我無權過問。」

雖然借婆這麼說，女孩卻看不下去。

明明殘忍、做錯事的是呂后，為什麼卻要她的子子孫孫陪她一起受罪呢？

他們並沒有做錯事，他們是無辜的，當呂后的後代更不是他們能夠選擇的，要他們一起贖罪根本沒有道理。

況且都已經無端受了那麼久的罪了，為什麼還不能放過他們？

女孩越來越痛恨借婆的不通人情，憑什麼借不借都由借婆自己決定、都她說了算？

比起呂后的無辜後代，有許多比他們更罪大惡極的人，借婆都願意借了，為什麼這些人卻不行？

他們的目的不過就只是想要讓自己能夠脫離苦海，又不是來幫呂后求情，將找到脫離貧賤的方法跟機會借給他們，有什麼不可以？

於是，女孩再一次偷走了八卦杖，不客氣地敲了下去。

就在八卦杖擊地的那一瞬間，一個法外之地形成，一條交纏的因果線因而誕生。

看到女孩如此衝動，不假思索地敲下八卦杖，佳萱倒抽了一口氣。

畢竟現在的佳萱，非常清楚小女孩這一敲會帶來多麼嚴重的後果。

而事後，佳萱也是第一次看到借婆如此心慌的神情。

借婆似乎連責備的力氣都沒有了，只見她沉痛地閉上雙眼，因為她知道，八卦杖敲下去就都來不及了，現在不管做什麼，都已經於事無補。

雖然小女孩敲杖的原因以及她的想法，並沒有透過嘴巴說出來，但是佳萱就好像與小女孩心靈相通一樣，非常了解她為什麼會幾度偷走、敲擊八卦杖。

因為女孩從很久以前就一直看不慣，為什麼借婆有那樣的權力？

借婆憑什麼去斷定一個人能借什麼、不能借什麼？

又是什麼樣的人能借、什麼樣的人不能借？

借婆憑什麼介入別人的人生？

再者，既然都已經介入了，又為什麼要回絕某些人的借貸？

反正借與不借都可能會產生不幸，既然如此，為什麼不能讓因果自行循環、自行發展？

此外，她更痛恨借婆，因為自己必須待在借婆的身邊，所以無法像其他人一樣不斷輪迴，享受好幾段不同的人生。

佳萱能夠體會小女孩的心情，她非常羨慕大家可以為自己的前世贖罪、為自己的來世煩惱。女孩眼睜睜地看著人們不斷輪迴，而自己卻一輩子，真的是一輩子，不管過了幾世幾代，她始終只能待在陰間，看著其他人去經歷豐富的人生。

她不甘心，為什麼會如此不公平？

於是她才會轉而怨恨自己的身世，怨恨自己的母親是借婆，怨恨借婆生下了她，怨恨「借婆」的存在。

只因為自己是借婆的女兒，就不能投胎轉世，母親並不是自己能夠選擇的，這要她怎麼能服氣？

就是這樣的心情與想法，剎那間，佳萱全都明白了，透過八卦杖，她的記憶全都回來了。

原來，當初敲下八卦杖的人，不是借婆，而是她自己。

那個一直跟在借婆身邊的小女孩，是借婆唯一的女兒，正是佳萓自己啊。

原來這一切的一切，都是自己搞出來的。

所以當初借婆才會說，敲杖的人並不是她，有些東西也不是她出借的，所以並不能由她來收尾。

而女孩敲下八卦杖之所以能夠獲得回應，正因為她是借婆的女兒，流有借婆的血脈，換句話說，她原本就是尚未就任的準借婆。

剛剛的那些畫面，都是八卦杖的記憶，在碰觸到八卦杖的那一瞬間，八卦杖帶領著她，回憶自己的過去。

佳萓終於想起來了，由於自己是借婆唯一的女兒，因此必須繼承借婆的位置。

總有一天，自己勢必會變成那大名鼎鼎卻令人討厭的借婆。

而在成為借婆之前，心有不甘的佳萓向自己母親借的，就是再度回到人間，享受三十年的人生。

此刻的佳萓，依舊討厭借婆，但她更討厭自己。

討厭那個不懂事卻自以為是的自己。

因為自己胡亂敲杖，害慘了多少人。

至於對借婆的恨，那不是真的厭惡，而是來自於對雙親的反叛，是深埋在記憶裡的東西。

而那種怨恨借婆的感覺，她終於知道是來自哪裡了。

不就是因為被迫要走上一條自己不願意走的路嗎？

2

當佳萱了解了這一切之後，她才赫然發現因果的恐怖、人生的無常。

正如方正所說的，特別行動小組所處理的案件中，有許多都跟借婆有所關聯。

但是之所以有關聯，並不是借婆，而是借婆的女兒，佳萱自己搞出來的。

由於這些都是佳萱自己的因果，因此必須由她自己來承擔。

只不過可怕的是，明明全部的事情都是透過我們的自由意識做出來的選擇，但是我們卻不由自主地讓輪迴的齒輪繼續轉動著。

為什麼？

佳萱不能理解，為什麼人會一直重複著錯誤？

為什麼不願意從輪迴當中解脫？

以前她不了解，但今天就算已經身陷輪迴之中，她還是不能理解。

明明就是方正的決定，眾人才會去偷八卦杖；明明就是因為方正成立了方正特別行動小組，佳萱才有機會去接觸到那些案件。

中間有太多是他們自主意識下的決定，也有太多他們可以改變的地方，但是命運還是讓他們來到了這個點。

八卦杖，是他們決定偷的。

但是，佳萱卻非常清楚，在經過了一場驚心動魄的逆天行動之後，八卦杖只是回到它的新主人手上而已。

第7章・償債

1

呂后面無表情地看著眼前這一片廢墟，實在很難想像這裡在數分鐘之間，究竟發生了多激烈的大戰。

為了不讓鬼魂們追上方正，阿山與小琳以及阿勇與阿強最後死守著廟宇。

四人排成一列，擋在如潮水般湧來的鬼魂們面前，要搶八卦杖，先通過這一關的意味非常濃厚。

四人又是擋路又是挑釁的，果然激怒了鬼魂們。

在鬼魂發怒的同時，四人各自散開，吸引鬼魂也分成四路。

雖然四人是訓練有素的員警，但是說到打鬼，在手邊沒有任何武器、赤手空拳的情況下，除了阿火，其他人可真的一點辦法也沒有。

他們無法將鬼魂打傷，只能拖住他們。

小琳一邊挑釁鬼魂，一邊跑給他們追，還特地繞到一些想要溜過去的鬼魂面前，揮他們幾拳，激怒他們來追自己。

畢竟「跑」是小琳最擅長的技能，在這種情況下，能拖住一刻是一刻。

而阿勇與阿強，兩人都隨身攜帶護身符，畢竟在阿山小隊裡，誰知道什麼時候會有飛來的橫禍。

特地從廟裡求來的護身符，對鬼魂都有一定的遏止效果，兩人一起行動壯膽，拿著自己的護身符貼向鬼魂。

有些比較弱小的鬼魂會痛得哇哇叫，然後就不敢再靠近。

但有些力量比較強大的鬼魂，就好像人類被靜電電到一般，震驚了一會，旋即又恢復平常，兇狠地追向阿勇與阿強。

眼見護身符的作用不大，兩人跑進廟裡，雖然是廢棄廟宇，但裡面仍然還是有一些佛像。

雖然不知道這些早就沒有人供奉的佛像能有多少威力，但此刻已經沒有比這更好的東西了。

兩人拿著佛像對準了迎面而來的鬼魂，想不到這些惱怒的鬼魂見到佛像完全不避諱，立刻蜂擁而上。

眼見佛像竟然完全無效，一點點殘留的佛法都沒有，兩人也管不著要尊敬佛像，立刻把手中的佛像朝鬼魂丟砸過去。

阿勇與阿強一逃出寺廟，便看到阿山正在脫衣服，兩人立刻會意過來。在敵眾我寡的情況下，阿山最後只好發動同歸於盡的大絕招。

這回阿勇與阿強不躲避了，反而跑到阿山身邊。

阿勇取下他隨身攜帶的包包，一邊拿出裡面裝的另一套衣服，而阿強則是手忙腳亂地幫阿山把衣服脫光，再忙著幫他一起穿上阿勇拿出來的另一套衣服。

這時候已經沒有人會反對阿山這麼做了，三人非常有默契，很快地完成了阿山的換裝動作。

由於鬼沒有肉體、沒有人類原本就有的運氣，當阿山一使出他的橫禍命，所有鬼魂立刻中標，全部成了倒楣鬼，嚇得一堆鬼魂四處逃竄。

只是阿山這次沒有拿捏好分寸，沒有想到橫禍命用在鬼魂身上會來得又急又快。

當眾鬼開始紛紛往後退之後，阿山飛快換回衣服，但來不及了，寺廟的梁柱已經開始倒塌。

結果，廟宇在大戰之中倒塌了，小琳與阿山等四人就這樣被埋在瓦礫堆下。

而包圍著這裡的鬼魂，除了部分被阿山嚇跑外，其他大多被呂后的手下趕跑了。

呂后不是笨蛋，她讓這些鬼魂們幫她收拾那些擋在路上的方正的手下，在解決他們之後，她立刻讓自己的手下將這些鬼魂趕走。

這群只為了搶八卦杖的鬼魂，宛如烏合之眾，很快就被趕跑了。

這一切都是為了八卦杖。

再怎麼說，這是呂后在人世間唯一的剋星，雖然除了「借婆」之外，任何人都用不了，但是她也不希望八卦杖落入任何鬼魂的手中。

幾個鬼魂陸陸續續從廢墟中走了出來，兩鬼一組將人抬到呂后面前。

阿火、阿山、小琳、阿強與阿勇，五人全被鬼魂拖了過來，排在呂后面前。

眾人雖然都已經暈了過去，但生命跡象還算穩定，沒有生命危險。

呂后打量著倒在地上的五人，目光最後停在阿火的身上，臉上蒙上了一層殺氣。

「通通退下！」呂后嚴厲地說，「我不要任何人或鬼闖進這方圓五里！」

幾個鬼魂接到命令，恭敬地退下。

等到鬼魂們都退下之後，呂后輕輕地走到了阿火的身邊。

這對呂后來說，是個非常值得紀念的日子。

她心中又浮現丈夫嚥下最後一口氣時的激動。

她知道，報仇雪恨的時機到了。

她細細品嘗著這勝利的時刻，然後緩緩地舉起手，對準了阿火。

她不會讓阿火立刻死亡，她要讓阿火成為自己新的傳說，全新改良的人彘。

呂后猛力一揮，就在這時候，一陣駭人的聲音，火速地朝呂后襲來。

呂后不敢大意，朝後面一跳，躲開了襲來的東西。

想不到竟然有鬼魂可以突破她的手下，呂后先是一驚，看到了襲擊她的東西之後，更是驚訝無比。

這突然襲擊而來的東西，呂后一點也不陌生。

那是鬼差的鎖鍊，專門用來抓鬼用的道具。

「是誰？」

一個熟悉的身影出現在呂后面前。

「夠了，這幾個人妳不能動。」那人淡淡地說，但是聲音中充滿了威嚴。

「唷唷唷，」看清楚了來人，雖然呂后的內心驚恐不已，但仍故作鎮定地說：「看看是誰來了，這可不是小葉嗎？」

來的人正是當今鬼差界中第一把交椅，葉聿中。

「哼哼，你現在可好了，出人頭地了。」呂后似笑非笑地說著，卻目光如炬地瞪著他。

「放心，」葉聿中平淡地說，「妳不用試探我，我不是第一天認識妳。」

她還沒搞清楚葉聿中到底為什麼會出現在自己面前。

葉聿中是來抓自己的嗎？

再怎麼說，自己也算是地獄的逃犯，只是她沒有想到，竟然會動用到葉聿中親自出馬。

或者，他也是為了八卦杖而來的嗎？

如果真的是這樣……

各種可能性在呂后的腦海中掠過，她需要先確定葉聿中的目的，才能知道要用什麼樣的對策來對付他。

「滾吧，我沒有要抓妳的意思。」葉聿中不帶任何情感地說。

聽到他這麼說，呂后著實鬆了一口氣，但是也瞬間了解到葉聿中的目的，其實就只是為了不讓自己殺害阿火這些人。

的確，葉聿中此行的目的，只是受借婆之託，保護其他人避免受到不必要的牽連，讓因果順利運作，也讓借婆的位置順利交接，並不是針對呂后而來。

呂后恨恨地看了阿火一眼，但是她非常識時務，在這種時候跟葉聿中起衝突，自己肯定討不到半點便宜。

見呂后還猶豫不決，葉聿中不悅地說：「快滾！在我還沒有改變主意之前。」

聞言，呂后不再遲疑，朝著廟後面的樹林而去。

「不准……」地上的小琳這時突然口齒不清地說，「過去。」

想不到已經失神的小琳，腦海裡還想著不能放任何鬼魂過去。

「放心吧，」葉聿中面無表情地對小琳說，「在因果的巨輪之前，縱使貴如呂后，也只是一顆棋子而已。」

2

佳萱暈過去之後，方正就抱著佳萱，一路穿過後面的樹林，找到了阿山口中的小山洞。

方正將佳萱與八卦杖放在山洞中，然後走出來將門關起來，將蓋棺泥抹在門口。

雖然他很懷疑這樣是不是真的有用，但在時間緊迫的情況下，也只能這樣先頂著了。

這時，方正突然聽到一陣巨響，當然隔著森林的他，不可能知道這是阿山用自己的橫禍命，把整間廟宇給弄垮所發出來的聲響。

方正內心急得像熱鍋上的螞蟻，但是他實在無法將佳萱一個人丟在這裡，所以他只能焦急地等著，選擇相信自己的手下。

過了不知道多久，方正看到樹林裡面出現了身影，方正站起身來，祈禱著是自己的手下。

但是，出現在方正眼前的，卻是他此刻最不想遇到的人——呂后。

看到呂后的同時，方正也了解到，原來追兵並不是借婆的，而是趁機發動攻擊的呂后。

「我的手下呢？」方正鐵著臉問。

「你放心，他們都還活著。」呂后冷冷地說，「雖然我不是很滿意這樣的結果，但是，我這次的目標不是你，而是八卦杖。」

聽到呂后這麼說，方正緩緩地搖了搖頭說：「抱歉，我不能將八卦杖交給妳。」

「哈哈哈哈！」呂后突然狂笑了幾聲說，「我一直都不希望你會交給我，因為這樣我就可以名正言順地殺了你。」

「我不會讓妳得到八卦杖的。」

方正說完，從口袋中掏出槍來，對著呂后。

「哈哈哈哈，你以為槍對鬼會有用嗎？」呂后嘲笑著方正。

「那妳就動動看啊。」無視於呂后的嘲諷，方正面無表情地說。

呂后收拾起笑容，以驚人的速度突然衝向方正，方正立刻開槍，子彈與呂后在空中交會，呂后瞬間被打退。

呂后一連被打退了好幾公尺才站穩腳步。

這是怎麼回事？

呂后臉上寫滿了訝異，看著自己的肩膀，竟然被槍給轟傷了一塊。

「怎麼可能？」呂后不敢置信地說，「為什麼？」

「我把子彈取下來，換成空包彈。」方正仰著頭說，「然後將乾媽給我的護身符咒揉成小團子，取代了彈頭。」

呂后想不到方正竟然有這招，張大了雙眼瞪著他。

「這是我的摯友教我的，他用彈弓、我用槍。」方正得意地說，「另外，這個也是他教我的。」

方正舉起了手，對著呂后，慢慢地比出了中指。

「這叫做去妳的，問候妳媽的意思。」方正笑著說。

呂后氣到渾身發抖，怒號一聲，朝方正撲了過來。

3

佳萱緩緩張開了雙眼。

這裡又是哪裡？

眼前是一片陌生的景象。

但是對佳萱來說，這裡是哪裡已經不重要了。

佳萱知道了一切。

原來這一切都是自己造成的，不，就連其他人的命運也是自己害的。

原來自己是那麼的愚蠢。

後悔與悔恨在佳萱的心中翻滾，因果原來是那麼的複雜而沉重。

不行！既然這一切是因我而起，那就由我來終結吧！

此時佳萱突然想到，方正等人還在為了自己，拚了命地努力。

在知道這一切之後，她希望可以勸方正等人放棄，畢竟這一切根本就是自己的因果啊。

她站起身來，八卦杖就躺在牆角。

佳萱拿起了八卦杖，上頭的八卦球這次沒有閃出耀眼的光芒襲擊佳萱，反而就像平常在借婆手中那樣，開始緩緩地旋轉起來。

佳萱苦笑了出來。

佳萱知道，其實她的債，在觸碰到八卦杖的那一瞬間，就已經償還了。

因為在那一瞬間，八卦杖就已經認得新主人了。

佳萱看了一下四周，這裡怎麼看起來像是個山洞，自己怎麼會在這個地方呢？

佳萱找到了大門，用力地將門推開，門前堆積了一灘泥巴，似乎是方正等人帶來的蓋棺泥。

驀然，佳萱了解這應該是方正等人找到的山洞，為了保護自己，所以才會把她安置在這裡，然後在門前抹上蓋棺泥。

不過現在已經不需要了。

佳萱走出山洞，眼前的景象卻讓她難以置信地感到心痛。

在一片森林中，方正用手撐著一棵樹的樹幹，勉強地站著。

方正渾身上下都是血，眼神也有點失焦了。

而站在方正對面的呂后，卻是精神奕奕、得意滿面。

這是想當然耳的結果。

畢竟方正沒有學過法術，而那些符咒子彈就算真的打在呂后身上，也只能傷害呂后一點，根本對付不了她。

但是當方正給呂后中指的時候，他就已經不在乎自己的生死了。

現在的方正只希望那片蓋棺泥可以保護他最心愛的人以及八卦杖，讓呂后與借婆永遠找不到。

面對打死不退的方正，呂后也不急著下手殺他，反而慢慢地凌遲著。

方正此時已經快要暈過去了，呂后才決定讓他有個解脫，畢竟暈過去沒了痛覺就不好玩了。

「你這輩子犯下最愚蠢的錯誤，」呂后傲氣十足地說，「就是得罪了我。但是我做人非常公道，你幫我偷了八卦杖，我也不會讓你痛苦太久，賜你一死，算是對得起你了。」

呂后說完，將手對準了方正。

雖然不知道為什麼呂后會出現在這裡，但是佳萱知道，呂后這下肯定是要方正的命。

她二話不說，拿起八卦杖，衝向方正。

與此同時，呂后也衝向了方正。

呂后與佳萱同時衝向方正，呂后對準了方正狠狠地刺下去，就在這時，佳萱從旁邊高舉著八卦杖衝入呂后與方正之間。

就這樣，呂后的手筆直地刺穿佳萱的胸膛。

熱呼呼的血液噴灑在方正的臉上，讓方正的意識再度清醒過來。

定睛一看，方正的雙眼立刻睜大，看著眼前這恐怖的景象。

方正的雙眼這輩子沒有睜那麼大過，呂后血淋淋的手，就這樣穿透了佳萱的身體，從背後血淋淋地刺了出來。

「不要！」方正大喊。

親眼看到佳萱為自己擋住這一擊，方正整個人都崩潰了。

原本高舉八卦杖的佳萱，因為被呂后貫穿了胸膛，頓時失去力量，雙手一垂的同時，八卦杖也跟著向下重重掉落，插在地面上。

「哼，」呂后抽出貫穿佳萱胸膛的手，冷笑了一聲。「現在看還有什麼人可以救你！」

佳萱軟倒在地上，血流成河，到處都是噴濺出來的鮮血。

呂后朝已經崩潰的方正踏出一步，卻瞬間感覺到不對勁，臉色驟變。

「嗯？」呂后看著自己的身體，然後驚訝的表情全寫在臉上。

只見呂后全身上下的氣，正彷彿被流沙般的地面吸入地底，朝地面不停流瀉。

「為什麼？為什麼會這樣？」呂后的表情驚恐萬分，「我的力量，不，這是——」

呂后看了看躺在地上的佳萱，與那根插在她身旁地面的八卦杖，瞬間明白了，這是因為八卦杖的威力，她被八卦杖這一敲給收了。

不過，八卦杖只有借婆可以用，為什麼……

「這女孩是借婆？」呂后驚訝地大叫，「為什麼！為什麼會這樣！」

方正愣愣地看著呂后，不知道到底發生什麼事。

就好像當初第一次見到借婆時、被借婆收伏的黑靈一樣，此刻的呂后也被吸在地板上，正逐漸消失沒入地底，過沒多久，只聽得到呂后不甘心的尖叫聲，然後就再也看不到呂后的蹤跡了。

地板上，只剩下彷彿漂在血湖中的佳萱屍體。

就在呂后的手貫穿佳萱胸膛的同時，一切的記憶都浮現在佳萱的腦海中。

或許是得不到的東西最美，在佳萱的世界中，身為一個人，擁有七情六慾，可以追求任何自己想要追求的一切，是最美好的事情。

因為，這一切她過去從來都沒有享受過。

「不借我這三十年，讓我重新當回一次人類，我真的好不甘心！」佳萱哭著這麼跟自己的媽媽借婆說。

打從有記憶以來，她就必須踏上這條路，永遠不會輪迴，跟著借婆直到天荒地老。

看盡了別人的人生，她卻連自己的人生都沒辦法快樂活過一回。

看著普羅大眾受到輪迴之苦，對佳萱來說都是種甜美。

只有佳萱最明白，永恆的恐怖。

因為在佳萱的心中，借婆的生活跟無間的煉獄又有什麼兩樣。

同樣都是漫長無止境的痛苦折磨。

一直到佳萱的靈魂，出現在屍體旁邊，方正這才確定佳萱已經死了。

方正才開始知道哀痛，接著痛哭出聲。

「這些，」佳萱的鬼魂看著方正，苦澀地說，「都是命。」

「不要！」方正用盡了吃奶的力氣叫道，「不要！」

＊

如果給方正一點空間與時間，讓佳萱好好跟他解釋一下一切的因果輪迴，或許他就會了解這一切都是命。

但是，佳萱的慘死擺在眼前，叫方正如何去參透，這一切的理所當然與宿命呢？

看著痛苦不堪的方正，佳萱心痛不已，但是剎那間，一個過去的影像，浮現在她的腦海之中。

那是她唯一一次的生離與死別。

「他們是誰？」看著走過來的黑影，佳萱膽怯地躲在媽媽借婆的身後問道。

「他們是鬼差，要帶妳去投胎的。」借婆溫柔地說。

「那娘呢？」

「娘不行，娘永遠都是借婆。」

「那我不要，我不要離開娘。」佳萱緊緊抓住借婆的衣襬說，「我要當娘永遠的女兒。」

聽到佳萱這麼說，借婆心痛不已，看向身旁的丈夫。

佳萱的父親一向瘋瘋癲癲的，但是這次卻板著臉，緩緩地搖搖頭。

但是佳萱說什麼都不肯跟鬼差們走，借婆最後只好對鬼差說：「就讓她留下吧。」

這個決定，注定了佳萱終將踏上借婆之路，也讓借婆與丈夫各自踏上不同的旅程。

佳萱的雙親，最後一個上天、一個下地。

在經過數千年後，借婆的丈夫、佳萱的父親，曾經一度降臨人世間，留下精采的故事與傳奇。

他是濟公，另一個能夠出手干預、化解因果的降龍羅漢。

看著痛哭的方正，佳萱明白了，這一切都是為了讓自己繼承借婆所必須經歷的因果啊。

而這一切，都是自己造成的，就連自己必須繼承借婆，永遠無法輪迴，也是她當初決定留在媽媽身邊的結果。

過去發生的一切，看見那麼多人因為自己所敲下的因果而痛苦，那也是自己因果的一環，必須由自己去承擔。

直到今天，不管中間做出了什麼樣的抉擇、不管方正如何死命保護，自己最後的結果，還是得面臨死亡，然後繼承借婆這個位置，這也是因果。

這位被稱為方正特別行動小組之母的法醫溫佳萱，最後慘死在呂后的手下。

與黑鬍子鬼預料的一樣，第七次黃泉大戰在全面爆發之前，因為佳萱的死亡，而畫下了句點。

方正抬頭看著佳萱，只見佳萱張開嘴喃喃說著話語，但是方正卻一點聲音也聽不見。

驀然，他了解了，靈晶已經失效了。

他又要回到那個看不見、聽不見黃泉界的日子了。

「不要！不要在這個時候！」方正哭著說。

但是，佳萱的身影卻越來越模糊。

他還有很多話要跟佳萱說，他還放不下她，他還沒告訴她，自己已經準備好要跟她共度一生了。

到底自己努力到現在，是為了什麼啊？

方正痛苦地跪在地上。

佳萱也流下了眼淚，但是兩人卻已經陰陽兩隔，再也沒辦法連接了。

佳萱的身影，就這樣被洗刷在方正的淚水中，彷彿走入瀑布般，方正再也看不見了。

只剩下黑夜，與佳萱冰冷的屍體，還有方正永遠無法宣洩的情緒。

尾聲

1

方正紅著雙眼，看著空無一人的法醫室。

直到現在，他都還無法相信佳萱會就這樣死去。

明明一切都還如此熟悉，卻不得不永別。

面對任凡的生離，與替自己擋住黑靈攻擊，連靈魂都徹底消失、永遠灰飛煙滅的淑蘋，以及佳萱的死別，方正感覺整個人彷彿都被掏空了。

似乎有著一些什麼生為人才有的東西，也跟著佳萱一起離去了。

口袋裡面，還躺著那枚永遠無法交給佳萱的求婚戒指。

方正輕輕地將戒指拿了出來。

記得幾天前，自己還特別拿筆打草稿，煩惱到底該用什麼樣的求婚詞。

那永遠用不上的求婚詞，這時也不需要了。

說來真是諷刺極了，在方正的人生中，從來沒有那麼渴望過有陰陽眼。

但是現在的他，就算去墳場也看不到任何鬼魂了。

一切都回歸到過去，只是方正不再是以前那個什麼都不知道、見到鬼就會昏倒的自己了。

他希望可以再見佳萱一面，把這枚戒指交給她。

可是，現在已經沒有機會了。

方正落寞地將戒指放在手術台上，這個東西對他來說，已經沒有任何意義了。

方正轉身離去，只剩下戒指靜靜地躺在手術台上。

在昏暗的環境中，戒指微弱地閃著些許光芒，然後緩緩地浮了起來，飄在空中。

方正走出特別行動小組本部，落寞的模樣全部寫在臉上。

彷彿意識到方正將要離去，阿山、阿火與小琳帶著還沒調職的隊員們衝了出來。

「大隊長，你要去哪裡？」小琳擔心地問。

「去走走。」沒有回頭，方正苦笑著回答。

「去哪走？」

方正苦澀地搖了搖頭，沒有回答。

因為這個問題，就連他自己也不知道。

對他來說，這幾年的經歷，在他身上留下太多痛苦的記憶了。

現在的他，只希望找個地方，可以讓他忘記這一切。

這個都市對他來說，充滿太多太甜美，然而此刻卻太痛苦的回憶了。

方正沒有回頭，揮了揮手，邁開腳步，離開了。

看著方正的背影，眾人都有一種感覺——

這不應該是傳奇最後的下場。

非常不應該。

但是，卻沒有任何人可以改變。

或許，這就是傳奇背後，所必須承擔的代價與因果吧。

眾人只能看著夕陽將方正的背影拖得好長好長。

隨著方正的離去，特別行動小組也吹起了熄燈號。

而方正特別行動小組成為了警界的一個傳奇，成立的這幾年間，因為有他們的努力，台灣沒有破不了的懸案。

至於未來，這些成員也將散布在各地，為過去的這個美好而努力。

方正特別行動小組的隊員中，未來一共誕生了兩位署長、四位副署長、七位局長、十一位分局長、三十七位組長以及三位撼動黃泉界的傳奇人物。

這驗證了方正的判斷，也再度證明了方正曾經告訴伊陸發的話——

「人真正的價值，不在於能力的高低，而是在他所做的事情。」

離開方正特別行動小組的成員背負了前方正特別行動小組的招牌，在警界為了不讓這位過去的長官蒙羞，所以做起事來，特別認真賣力。

雖然離開特別行動小組之後，很多人再也沒有跟另外一個世界接觸，不再利用陰陽眼來辦案，但是他們的努力，仍然贏得了讚賞與好成績。

這或許也是方正始料未及的。

只是就算是方正本人，或者這些未來即將成為警界中流砥柱的眾人，此刻都沒有想到，未來會有什麼樣的挑戰等著他們。

他們只知道，在方正特別行動小組的這段時間，是他們人生最值得回味的一段時光。

當然，就此時來說，不管在場的任何人，甚至連已經成為別殿閻王的前借婆都無法得知，真正的傳奇，現在才正要開始。

2

一道閃光劃破了寧靜的夜，震耳欲聾的雷聲，敲響了沉睡的喪鐘。

一座位於懸崖邊的廢棄古堡，在黑夜之中，靜靜地俯看著萊茵河。

這裡在人世間，是座被人遺忘的城堡，但是在黃泉界，卻是赫赫有名的地標。

這裡，在歐洲的鬼魂間，被稱為「Z的城堡」，也是縱橫東西方黃泉界的黃泉委託人，在歐洲的根據地。

急促的腳步聲，宛如地獄的催魂曲般，迴盪在古堡迴廊。

原本已經沉靜多年的古堡，再一次染上了血腥的色彩。

古堡的地板上，處處可見剛死不久的屍體。

這些屍體的死狀悽慘，卻讓人摸不著頭緒。

有些屍體是受到刀傷，血流成河；有些屍體則像是被火燒死，屍骸成炭；還有些屍體甚至連整個上半身都不見了。

從現場滿目瘡痍的屍體，不難看出這裡剛經歷一場死傷慘重的大戰，但是這些怵目驚心的景象，都無法暫緩這急促腳步聲的主人。

衝過了漫長的迴廊，繞上了在西側的圓形樓梯，那腳步聲也不見絲毫疲態，心急如焚的情緒，光是透過腳步聲就清楚傳達到每個人的心中。

這腳步聲的主人不是別人，正是在得知任凡消息之後，便飛來歐洲希望可以見上任凡一面的茹茵。

不要、不要、不要，千萬不要！

茹茵的心聲，配合急促的腳步聲，佔滿了茹茵的世界。

茹茵一路衝上古堡最上層的主臥房，剛進門就看到眼前這宛如煉獄的畫面。

地板上血流成河，整間臥房到處血跡斑斑。

一顆頭顱，就這樣靜靜地躺在桌上。

茹茵曾經見過那顆頭顱，生前的她擁有一張俏麗的臉孔，還算是個美人胚子，但是如今變成了一顆頭顱，嘴巴微張，雙眼恨恨地張得老大，模樣十分駭人。

那是詩織，飛燕的妹妹，也是滅龍會的新會長。

飛燕的雙手，滴著鮮血，不發一語地站在臥房中央。

不過這些都不是茹茵關心的，茹茵四處張望，看盡了臥房的每個角落，卻沒有看到其他人。

「飛燕，他呢？他人呢？」茹茵急切地問。

飛燕從來不曾看過茹茵如此心急、如此氣急敗壞。

那個不管面對任何危機，都可以冷靜以對的茹茵，卻在此刻崩潰了。

「對不起，是我害死了他。」飛燕淡淡地說。

茹茵聽了猛然搖頭說道：「不要，不要逼我恨你！」

「對不起，是我害死了他。」飛燕仍然只能說這麼一句。

「不，告訴我這不是真的！」茹茵對著飛燕大吼。

「對不起，任凡跟詩織……」飛燕哀慟地緊閉雙眼說，「已經死了。」

茹茵睜大雙眼，難以置信地看著飛燕，慢慢地……眼神從震驚轉為憤怒，化成了濃濃的恨意瞪著飛燕。

這天，飛燕踏上了一段永遠無法回頭的旅程，一段孤獨、悲哀與永遠不被諒解的旅程。

番外之一・之後

——方正特別行動小組解散半年後

C市市警局今天掛上紅色的布簾，準備歡迎他們最新的警察局長。

市警局裡面所有女性員警都換上了制服，掛上了最燦爛的笑容，排成兩行等待著新局長的到來。

嚴紓琳，曾經在許多警員口中被稱為「背後琳」的她，從今天開始擔任直轄市警察局長。

在所有同仁熱烈歡迎的掌聲中，一名女子的尖叫聲從外面傳了進來。

「搶劫啊！」

想不到聽到女子的尖叫聲，原本應該在台上接受同仁們歡呼的小琳，不管一切率先衝了出去。

即便已經貴為局長，小琳仍然一馬當先。

看到新任局長竟然為了抓個現行犯而衝出去，其他警員哪敢怠慢，不管三七二十一，全部都跟著衝了出去。

街頭上，只見到數十名警員，一起追逐著一個強盜現行犯。

追沒幾條街，那搶匪回頭看到這陣仗，嚇得腿都軟了。

不要說搶匪，就連路人也全都看傻了眼，要看到小偷、強盜不難，但這麼誇張的警匪追逐倒是罕見。

短短幾分鐘的時間，搶匪就被小琳率領的警力團團包圍，束手就擒。

另一方面，同樣曾為風林火山四小隊隊長之一的阿火，也成為了T市刑警大隊的大隊長。率領著市刑大的各個組隊，一起為了T市的治安而努力。

就連原本阿山小隊的副隊長阿勇，現在也是K市市刑大偵三組組長。

即便方正沒有特別安排，所有方正特別行動小組的成員，都有了還不錯的發展。

在方正離開之後，小琳、阿火與阿山，完成了當時方正所希望他們完成的事情。

確實等到最後一個成員都到新單位報到之後，三人才紛紛走馬上任。

但是一直到了小琳與阿火都要準備上任新單位時，阿山才赫然發現自己竟然沒有接到轉調的新命令。

阿山遲遲等不到調職令，只好向警政署詢問，誰知道一問之下——

放眼望去，只有藍天與被森林覆蓋的連綿山丘。

這裡，是全台灣最高的派出所，海拔高達兩千多公尺，轄區內甚至沒有居民，在這裡只有所長與副所長，沒有其他成員，兩人就這麼度過了十多個年頭。

一直到一個月前，來了一個新人，他的名字叫做莊健山。

「哇，」看到阿山來報到時，所長的第一個反應是張大了嘴問：「你是犯了什麼滔天大錯，竟然那麼年輕就被流放到山上啊？」

阿山無語問蒼天了。

原來，當他打電話到警政署，想要查詢自己將會被調往何處時，卻得到了個意想不到的答案。

「莊健山？」負責回答阿山的女員警說，「對不起，這邊沒有你的資料。」

「沒有資料？那是什麼意思？」

「意思就是方正特別行動小組裡面，沒有一個叫做莊健山的人。」

「什麼？沒常識也要看電視，妳沒聽過方正特別行動小組裡面有四大組長，叫做風林火山嗎？那個山就是莊健山啊！」

「我不知道那個山是在說誰，我只知道我輸入了莊健山，電腦裡面沒有你的資料。」

「不可能，妳再查查看。」

「大哥，一個上午我已經幫你查了無數次，跟你說沒有就是沒有。」電話那頭的女員警有點火氣了。

「這……妳再去調調看資料，拜託妳。」

「我說，這位大哥，跟你耗了一個早上，我越來越覺得你不是方正特別行動小組的人了。」那位女員警說，「你不知道方正特別行動小組是極度機密的組織嗎？如果不是負責組織的解散調派令，你覺得我們有資格去看那些資料嗎？如果你想要查個清楚，你可以去找署長，因為只有署長可以清楚給你你要的答案。」

說完之後，女員警毫不客氣地掛上了電話。

這還得了，這通電話簡直就等於告訴阿山，自己根本從來就沒加入過方正特別行動小組。

阿山當然不可能就這樣算了，於是親自到了警政署，想要查個清楚，想不到得到的答案幾乎如出一轍，方正特別行動小組裡面沒有莊健山這個人。

聽到這樣的回答，阿山簡直欲哭無淚。

自己在特別行動小組這幾年也算是拚了命地工作，想不到這一切竟然成為一場夢？

這叫阿山如何接受？

「不管！」一向樂觀的阿山，面對這樣的情況，再也樂觀不起來了。「今天沒有得到調職令，我說什麼都不會離開這裡。」

阿山在警政署鬧了一天，最後指著櫃檯小姐說：「不要逼我在這裡用大絕喔。」

於是，阿山就得到了夢寐以求的調職令。

聽到所長這麼說，阿山苦著臉，不想多說話。

就這樣，當其他人開始他們輝煌的警界新生活時，阿山卻被流放到台東山區。在這個連電話都沒有的派出所裡面，阿山整天的生活，只有打卡跟睡覺而已。他曾經一度想要跟其他人聯絡，但是又不想讓其他人為自己擔心。真正讓阿山不明白的是，到底為什麼自己的資料會被人抹煞，又到底為什麼自己會淪落到這種地方呢？

不過在山上的日子並不算難過，年邁的所長與副所長對於阿山也諸多同情。兩人常常邀阿山喝悶酒，一次阿山在酒後說出自己曾經是方正特別行動小組的隊長，想不到卻引來兩人的取笑。

「啊哈哈，不要開玩笑了，」所長笑著說，「年輕人，做人還是腳踏實地比較好，不要好高騖遠，只想靠唬爛是沒有前途的。」

「什麼唬爛！」多喝了幾杯的阿山紅著臉說，「我真的是人稱風林火山的阿山，莊健山。」

「哈，如果你真的是那個四大天王之一，我跪下來叫你阿公。」副所長一臉不相信的模樣，「拜託，你知不知道方正特別行動小組有多屌，連我們這些被流放到山上的人都聽過，如果你真的是那四大天王，就算你殺人放火也不可能會被流放到這裡。」

「我沒有殺人，更沒有放火！」阿山怒道。

「那你為什麼會被流放到這裡？」所長與副所長一臉八卦的樣子，異口同聲問道。

被兩人這樣問，阿山等於是啞巴吃黃連，有苦說不出。

在山上的歲月還不算難熬，畢竟除了打卡之外，阿山有的是時間可以慢慢思考。

在思考之下，阿山怎麼想都只有兩個可能性，其中一個就是警界裡面，有個對自己非常不利的人物，趁著方正特別行動小組解散的時候，對他的人事做了手腳。

當然，另外一個可能性就是單純的作業疏失。

為了證實這個可能性，阿山還特別下山，打電話給以前的下屬，也就是現任偵三組組長的阿勇，要他查一下資料看看有沒有什麼問題。

阿勇去查了幾天之後，告訴了阿山一個不好的消息。

那就是因為方正特別行動小組的組織極為機密，所以只有市刑大大隊長階級以上的人，才有閱覽的資格。

換句話說，就是整個警界能夠閱覽這樣資料的人，屈指可數。

就連方正特別行動小組的前成員中，目前也只有小琳跟阿火可以閱覽這些資料。

阿山於是想要聯絡阿火，但是市刑大大隊長的工作似乎非常繁忙，阿山試著聯絡了幾次都沒能成功。

或許是命運的安排，也或許是阿山的橫禍命作祟，想不到在偏遠的台東山區上，在阿山到任之後幾個月內，竟發生了該派出所成立以來的第一起兇殺命案，而且還是一起離奇的兇殺命案。

這對阿山來說，是個非常好的機會。

的確，對阿山而言，說到嘴角都冒泡了，也沒有人會相信，自己就是那個名震警界的四大天王之一，但是，只要能夠讓他辦上一個案件，他絕對可以扭轉大夥的印象，讓大家知道他的厲害。

想到這裡，阿山的嘴角不禁上揚了起來。

但是事與願違，想不到一發生命案，所長第一件事情就是聯絡所屬分局派刑事組來支援。然而，在刑事組到達之前，阿山已經透過鬼魂，得知了兇手的身分，就是死者的丈夫。因為現場所留下的跡證，很難找到這樣的蛛絲馬跡，所以阿山在腦海中擬好了一套劇本，那就是當刑事組的幹員們陷入困境的時候，他再出面揭發真相，這樣英雄式的破案法，一定可以讓所有人相信他就是四大天王之一的阿山。

終於，在苦等了一天之後，刑事組的幹員總算來了。

那個刑事組的警員叫做葉俊廷，而葉俊廷另外又帶了兩個人來。

這兩個人阿山認得其中一個。

在阿山裝瘋住進跟阿火同一家重度療養院的時候，隔壁住著一個警界的傳奇，所以阿山有時候會去探望一下。

那個警界傳奇正是一夜神探馬道丞，而葉俊廷帶來的兩個人之一，也就是在醫院中來探望過馬道丞，而與阿山有數面之緣，馬道丞的女兒馬德里。

馬德里見到阿山也有點驚訝，詢問他怎麼出院了。

阿山不方便告訴她，自己打從一開始就是裝瘋才進去的，只能隨便乾笑幾聲打混過去。

還好馬德里似乎不太想提起醫院的事情，所以也沒有追問下去。

不過，阿山所計畫好的如意算盤，卻因為馬德里的出現，輕易地被打破了。

馬德里只花了三分鐘，聽完所長的話之後，就用邏輯把兇手推論出來了。

這讓阿山的完美計畫，畫下了句點。

當晚，派出所所長特別宴請三人到山腳下的餐廳用餐，以盡地主之誼。

阿山也出席了，並且與馬德里還有馬德里的男伴同桌。

「什麼？」阿山聽到馬德里的介紹之後，眼睛張得大大的問道，「你叫沙威龍？」

彷彿早就看過這種反應無數次了，沙威龍面無表情地點了點頭。

在馬德里的介紹之下，阿山知道了原來沙威龍是個社會新聞記者。

阿山喝著悶酒，想著茫茫的未來，順口問了沙威龍為什麼想當記者。

「這個社會，充滿了許許多多的黑幕。」沙威龍一臉正經地說，「我希望可以揭發所有的黑幕，讓社會大眾知道真相。」

聽到沙威龍這麼說，阿山點頭如搗蒜。

「沒錯！」幾杯黃湯下肚的阿山，大聲地說，「這世界太黑暗了，連一個人的存在都可以被抹煞掉，這世界有太多黑幕了。」

阿山幾乎已經認定，在警界存在著一個恐怖的人，自己會被抹煞，就是那個人搞的鬼。

就這樣，阿山跟沙威龍因為共同的話題而熟絡了起來。

大夥閒聊了一會之後，阿山看到沙威龍拿出手機，突然想起來，自己還沒跟阿火聯絡上。

既然計畫被馬德里破壞了，阿山也只能再度被迫尋求過去同伴的協助。

因為山上沒有基地台，手機根本不通，乾脆不帶手機的阿山藉機向沙威龍借了電話，試圖打給阿火。

「喂？」

想不到這一次，電話真的接通了。

聽到阿火熟悉的聲音，阿山的淚水都快飆出來了。

「喂？我是阿火，請問你是……喂？」

阿山張大嘴，正想要回答，耳邊卻突然響起沙威龍剛剛說的話。

「這個社會，充滿了許許多多的黑幕。」

沙威龍的話語，驚醒了阿山。

的確，自己的存在會這樣被人抹煞掉，肯定是因為警界的黑幕。

阿火跟自己在行動小組中，同屬小隊長，如果對方可以抹煞掉自己，一定也可以抹煞掉阿火。

一想到這裡，阿山察覺到如果讓阿火知道太多，阿火肯定會陷入危險。

不行，阿山不能讓阿火因為自己而陷入危險。

「喂？」阿火的聲音不斷從話筒傳來。

阿山咬著牙，苦著臉沒有說半句話，緩緩掛上了電話。

他不能害了阿火。

如果這個警界的黑幕，可以讓像自己這樣的角色都人間蒸發的話，那麼與阿山一樣身為方正特別行動小組第三小隊隊長的阿火，也絕對可以被蒸發掉。

於是，阿山做了個重大的決定。

他決定自己去對抗這個黑幕。

掛上電話、將手機還給沙威龍後，阿山沉默了好一陣子。

接著，阿山突然轉向沙威龍問道：「那個你，叫阿龍是吧，你剛剛說你想要揭發黑幕，是認真的嗎？」

面對阿山這突如其來的詢問，沙威龍先是一愣，然後才用力地點了點頭。

「那你……」阿山認真地說，「要不要跟我合作？」

「嗯？」

「就我所知，現在的警界，」阿山皺著眉頭輕聲地說，「正被一個恐怖的黑幕籠罩著，我要去揭發這個黑幕，你……要不要跟我合作啊？」

就在這一刻，阿山開啟了一扇未知的門。

連他自己也不知道，這扇門後會為馬德里、沙威龍還有自己，帶來多麼驚心動魄的旅程。

番外之二・楓的決定

1

世界是一片虛無。

男子就彷彿瞎子般，一邊伸長雙手摸索著前方、一邊向前走。

這片虛無的空間，雖然一片漆黑，然而這片漆黑卻不是單純的黑，而是有許多奇怪的東西，在眼前劃過，勾勒出一些不甚明顯的線條。

也不知道走了多久，眼前的景色開始有了變化，那些在黑暗之中的線條，似乎逐漸勾勒出形狀，為了想要看得更清楚一點，男子加快了自己的腳步。

隨著那些線條逐漸清晰，眼前越來越光亮，耳朵也開始聽到一些奇怪的聲音。

男子加快自己的腳步，希望可以快點擺脫這虛無的世界，就在線條逐漸成形之際，眼前突然一亮，彷彿剛剛有人在自己的雙眼罩上了眼罩一樣，現在眼罩瞬間被拿掉，一切都變得清晰，所有景象一目了然。

雖然說清晰，但是那是跟虛無相比。實際上看到的東西，既像是近視眼所看到的景象，又像是低解析度的陳年影片般，能夠知道自己看到的是什麼，卻沒辦法看得很清楚。

男子看了一下四周，天空是一片昏暗，沒有半點星光，更沒有月亮。男子眼前是一大片空無一物的空地，只有滿滿的人群，以及遠處圍著這片空地的高聳圍牆。在這一片空地上，沒有半盞燈光，但是卻能夠看得見東西。

佇立在這片空地上的人群，彷彿沒有什麼想法，真的可以用遊蕩來形容，他們就漫無目標地或站或走。

雖然沒有辦法看清楚人群中每個人的長相，但是對男子來說，這已經十分足夠了，畢竟他此行的目的，不是為了找人。能夠看得到眼前這樣的景象，已經是超乎自己的想像。男子知道自己的時間不多，所以他希望可以多看到一點這個世界的情況。

他四處找了一下，在不遠的地方，有一處階梯，似乎通往那高聳的圍牆。男子二話不說，立刻朝那階梯而去。

四周遊蕩的人們，彷彿也感覺到了男子的存在，紛紛朝他這邊看過來，但是他目標明確，筆直地朝著那個方向而去。

在這個世界裡面，他沒有真正的肉體，有的只是意識，雖然不能自由自在地行動，還是彷彿有肉體一樣有行動的限制，但是至少不會感覺到疲累。

很快地，他登上了階梯，一路向著上方而去。一鼓作氣登到了階梯盡頭，他穿過了一扇看起來還沒有完全完工的大門，進到了另一個空間中。

裡面看起來像是一座壯麗的宮殿，而自己就在這座宮殿的大廳，遠處大廳的盡頭，有張桌子，而在那張桌子後面，一個上了年紀的女人就坐在那邊。

雖然女子看起來十分嚴肅，但個頭看起來有點嬌小，臉上的皺紋也很明顯地看得出年紀。

而就在男子想要靠近一點，看得更加清楚一些的時候，一個身影突然從旁邊擋在男子的面前，男子還來不及反應，那身影已經一把抓住了男子的頭，徹底擋住了男子的視線。

男子嚇了一跳，內心的恐懼感也頓時浮現出來，這時聽到那身影開口怒斥：「放肆！」

男子大叫了出來，然後意識就好像瞬間被抽離般，再次墮入一片虛無之中。

2

台灣某處城隍廟內——

今天廟的大門口，拉起了不知道多久都不曾拉上的鐵門。

現在雖然已經是凌晨時分，但是廟裡面依舊燈火通明，站在廟門外看還可以看到大廳裡面萬頭攢動的景象。

不管是誰在這個時候如果路過此地看到這景象，不免會想今天到底是什麼日子，廟裡到底在舉辦什麼活動。

只是今天並不是什麼大日子，更不是廟裡在舉辦什麼慶典。

在城隍廟的大廳內，擺滿了一排又一排的座椅，座椅上面坐滿了人，每個人的臉上，都用紅布綁住了眼睛，紅布與眼睛之間都夾著一張符。

乍看之下，確實有種說不出的詭異氣氛，尤其是這麼多人卻沒有人開口說話，更是讓人有種毛骨悚然的感覺。

不只有這一排又一排的人，在大廳的周圍，也都站滿了人，只是每個人都沉著一張臉，沒有人開口說話，甚至連呼吸的聲音都極為收斂。搞得整個大廳即便水洩不通，但是卻出奇地安靜。

不管是坐在椅子上的，還是站在大廳周圍的人，即使穿著各有特色，但還是可以看得出來是修道人士。這是因為這群人都是從不同的地方前來，隸屬於不同的宗教團體。有來自日本的，也有來自韓國的，更有些來自東南亞。

今天雖然不是那種記載在日曆上的大日子，但是對眾人來說卻是個比起日曆上的任何大日子都還要來得重要的日子。

或許在這個儀式過後，會徹底改變人們對另外一個世界的認知，甚至有可能會改變許多已經形成數百年的共識。

雖然這是場非常重要的會議，但是同時也是必須對外保密的一場儀式，所以廟門才會深鎖，謝絕任何訪客與非關係人入場。

能夠進來的人，幾乎都是在東南亞知名城隍廟的相關人員，而他們聚集在這裡的目的，就是為了一起舉行這個觀落陰的儀式。

至於真正的原因，是因為這段時間各地不斷出現一些傳聞，有不少情報指出，地府的情況有變，因此這些以地府各殿閻王為主的廟宇，才會互相聯絡，詢問狀況。

而今晚，就是為了釐清這個問題，眾人才會聚集在一起，然後舉辦這場聯合的觀落陰大會，目的就是為了探究那個傳聞的真偽。

各廟宇派一名代表，一起觀落陰直達陰曹地府，就是為了親眼看看地府是不是真的如傳聞所說，有了重大的變化。

雖然每個人進去的方向與路徑都不一樣，但是看到的景象卻是大同小異，就好像一群觀光客，從各個不同的方向湧入同一個都市，看到的景象絕對不一樣，甚至感受也會全然不同，但是有些東西，終究還是會一致。

不管是過去還是現在，這都是人間可以一探地府廬山真面目最有效的辦法。

現在儀式結束了，確定所有人都平安歸來之後，在場每個進行觀落陰的成員，都有一位翻譯或者是助手，幫忙記下他們剛剛觀落陰的結果與所見所聞。

這次集體觀落陰的結果，很快就有了初步的答案。

「好，」負責舉辦這次大會，同時也是這間城隍廟的負責人對眾人宣布，「我們現在確定了，傳言是真的，在十殿之外，地府又多了一殿。」

雖然對這個結果，眾人也算是已經有了心理準備，不過在觀落陰儀式後，真正獲得了證實還是讓大家有點困擾。

「所以呢？我們該告訴信徒們，不再是十殿閻王，而是十一殿？」

「這數字感覺很怪啊。」

眾人七嘴八舌地說著，畢竟十殿閻王這件事情，已經是大家約定俗成，並且達成共識上百年的東西，現在突然說要改，確實讓人覺得有點不知所措。

可是如果沒有半點修改的意思，那麼今天這個將眾人集合在一起，集體觀落陰來確定這件事情就變得沒有意義了。

只是因為這件事情真的可大可小，而且有點讓人難以接受，才會讓會場一時之間引發騷動。

「大家先停一下，」主辦單位的負責人這時出來安撫眾人，「在討論這第十一殿之前，我們是不是要先問一下更重要的事情？」

所有人聽到了負責人的話，慢慢安靜下來。

「我們還是先聽聽，」負責人轉過身對著還坐在椅子上的觀禮者們說，「這個新殿的閻王大人是怎樣的大人物吧？」

確實，有了新殿的同時也意味著有了新的閻王，這恐怕比多出一殿更讓人在意。因此當負責人說出這句話，現場頓時變得肅靜，轉向觀禮者們，期待著他們的答案。

關於閻王身分這件事情，一直都是長年以來最困擾大家的問題，畢竟人間與陰間缺乏直接溝通管道，往往都只能從形象去推測，閻王生前到底在人世間是什麼樣的英雄豪傑，死後能夠擔任這樣的重責大任。

尤其是前面十殿閻王，基於各地的信仰不一，因此身分也有所不同，這些都是基於各個宗教各自解讀之下的結果。

雖然說這些十殿閻王大人的身分各自解讀不同，但是就形象與職責方面，差異並不算太大。這也是因為眾人不可能登堂入室，直接詢問閻王大人關於他們擔任閻王前的身分，所以只能透過各自觀落陰之後，看到的形象來猜測，才會導致這樣的分歧。只要了解箇中背後的緣故，這點差異倒是還能夠接受，但是至少在形象與其他地方，希望可以做到大家一致的結果。

因此這次聯合的觀落陰大會，除了主要要確定是不是跟流言一樣，出現了新殿之外，還有一個就是要確定這個新增的一殿，管轄的閻王是何方神聖。

「所以，」負責人問坐在位置上的眾人，「你們有人看到新殿的閻王大人嗎？」

這個問題一出，坐在位置上的眾人，頓時呈現出兩種截然不同的反應，其中一部分的人，顯然就是沒能在這次的觀禮中，見到這位大人物，所以聽到問題後立刻東張西望，希望其他人可以給予答案。

這部分人的反應算是十分正常，畢竟沒有人保證觀落陰一定會看得到自己想要看到的人事物。

不過真正讓在場的其他人感到不解的，是另外那一部分人，他們臉上露出了有點尷尬的神情。

「沒人看到嗎？」負責人追問。

猶豫了一會之後，底下其中一個人開口了，這個人正是好不容易上了階梯之後，進入大廳看到了那位大人物的男子。

「我看到的，」男子回想剛剛看到的畫面，「是一個……年紀有點大，個頭應該十分嬌小的婆婆。」

這話一出立刻引起了騷動，因為這跟大家所想像的落差實在是太大了，

畢竟歷代閻王每個不要說氣宇軒昂，至少那個氣場跟氣勢就是人見人敬畏的模樣，如今說新上任的閻王是個頭嬌小的老婆婆，實在讓很多人沒辦法接受。

「你是不是看錯了？」有人直接開口質疑男子。

此話一出，現場也立刻有了些質疑的聲浪，畢竟過去還真沒聽過有這樣的閻王。

「不，我也看到了。」這時座位上有另外一個人聲援那名男子，舉起了手。

「我也……」另外一邊也有人舉起了手，然後舉手的人如雨後春筍般一個接著一個。

轉眼之間，那些原本都面露尷尬的人，一個個舉起了手。

雖然人數並不多，相比之下，沒能夠目睹別殿閻王的人還是佔大多數，但是這些人口徑一致，都聲稱自己所看到的那位閻王大人，跟第一個人看到的差不多。

這下子「看錯」這件事情，完全沒有辦法當作理由了。

於是擺在他們面前的只剩下一個問題，就是要不要承認這件事情罷了。

畢竟對他們來說，搞清楚是一回事，怎麼跟下面的信徒交代與宣傳又是另外一回事。

想當然耳，意見分成了兩派，一派認為應該要忠實地傳達這樣的訊息給信徒們知道，但是另外一派認為隱而不宣比較好。反對的這一方認為，畢竟他們沒人猜得到那位閻王的真正身分，與其說得模糊不清，不如不說。

兩派的意見沒有所謂的交集，雙方不可能找到一個平衡點，於是最後到頭來，還是需要決議，就好像當年在西方宗教的會議之中，決定了耶穌成為神一樣，在場的人士，也需要決定一下，是否在人世間廣為宣傳，增加這個第十一殿，以及統一這位新閻羅王的形象。

雖然投票的結果出爐，比數十分懸殊，否決了這次的結果。閻王殿將維持十殿，而新增的這個別殿，將不會告知信眾。

會有這樣的結果並不意外，畢竟嬌小的婆婆，當作閻羅王的形象，確實很難讓人信服。

最後也是透過這個跨國聯合的投票，讓這個新增的別殿以及那位曾經是名震黃泉界的借婆這個新閻王，沒能出現在各地的城隍廟中。

3

這場集體觀落陰一開始鎖定的目標，是地府裡面相當著名的一個景點……或許不該稱為景點，畢竟這裡絕對不是給人觀光觀賞的地方，所以叫作地點比較合適。

這裡是枉死城，也就是民間信仰大家所熟知，天命未到而喪命者會來的地方。

這裡位於地府中的第十殿，以東方的陰曹地府的架構來說，從第一殿所在的第一層，一路向下延伸，來到了大家口中所說的第十八層地獄之後，就是第十殿，也就是最後一個閻王殿所在的地方。

然而雖然位於地獄的最深處，這裡卻也是離人世間最近的地方。

連接陰陽兩世的奈何橋、永世不得超生的奈落橋與陽壽未盡的鬼魂所待的枉死城，都在這第十殿所在的地區，以第十殿的宮殿為圓心，圍繞著第十殿。

如果說這裡是全地獄最熱鬧的地方，一點也不為過。畢竟所有人往生之後，至少會經過這裡兩回。一般來說，任何死掉的鬼魂，都會通過奈何橋，來到這個地府之中，然後再由鬼差看個人生前的行為，帶他們到各殿接受審判。審判與刑罰過後，他們會再度來到第十殿，重新準備踏上輪迴之路。整體的流程來說，大概就是如此。因此踏上輪迴之路的所有鬼魂，都會至少經過這個地區兩次。

而眾人闖入的枉死城，是圍繞第十殿的區域中，最大的一塊區域。它延伸出去的範圍，已經可以用一望無際來形容。隨著人口的增長，以及人世間的動亂，這枉死城的規模也比起過去還要大上許多倍。這也是地府會增加一個別殿，最主要的原因之一，就是為了管理枉死城。至於另外一個原因，就是為了可以化解許多糾纏不清的因果。

這個新增的別殿，也就是男子闖入的那座宮殿，就位於枉死城的盡頭，與第十殿相對的位置。

至於負責統治這個別殿的人，正是長年以來，盡一己之力去化解恩怨因果的借婆。過去總是穿梭在陰陽兩界的她，終於有了自己的區域與居所，而她本人也已經卸下了借婆這個稱號，成為了這個新區域的閻王。

對於這個變動與調整，地府上下是充滿期待的。從某個角度來說，如今的第十殿外，環繞其外的三個區域，剛好由三個遠古時期以來，最有名的三婆來鎮守，也算是一種圓滿。

即便在人世間的那些宗教領袖們，透過了投票，決定不給予前任借婆這個新閻王的「名分」，但是這完全不影響前借婆擔任別殿閻王的事實。

如今別殿閻王就坐在她的位置上，看著底下以葉聿中為首的鬼差們，鬼差們個個臉色鐵青，低下了頭。

「大人，」葉聿中向別殿閻王報告，「那些觀落陰者已經全部驅離，我不知道他們是從哪裡收到的風聲，會選擇在大人就任的日子這樣大舉闖入。」

別殿閻王沒有開口，只是靜靜地聽著。

為了可以讓這位前借婆順利管理這一直以來都可以算是地府中最燙手的山芋，各殿閻王紛紛挑選了自己最優秀的手下，來到這新成立的別殿之中，幫助這位新閻王可以有個好的開始。

萬萬沒想到會在這就任的第一天，就發生了人世間大舉觀落陰的事件。

負責管理別殿閻王旗下鬼差的葉聿中，雖然跟這位前借婆之間，有過數面之緣，尤其是他人世間的拜把兄弟，也跟這位前借婆交情匪淺，但是葉聿中並不是很了解這位新上司。

「因為本殿剛成立不久，」葉聿中見閻王都沒有反應，繼續說道，「我們人手不足，加上編制方面還有很多地方需要調整，所以——」

別殿閻王伸手阻止葉聿中說下去。

「我沒有要責怪你的意思，」別殿閻王淡淡地說，「確定那些人都離開了就好了。」

「是。」葉聿中低頭。

「好了，」別殿閻王說，「那我們就開始工作吧。」

「是。」葉聿中回應。

葉聿中轉過身，手一揮，原本排成一列的鬼差立刻散開，並且朝兩邊站。

「把第一個帶過來。」葉聿中對殿外喊道。

這絕對是歷史性的一刻，未來在這個別殿之中，將會有成千上萬數不清的鬼魂，站在這裡接受別殿閻王的審判。如今，這具有代表性意義的第一個鬼魂，也正式踏入了宮中，在兩個鬼差的帶領之下，來到了別殿閻王的面前。

而這個別具意義的首位準備接受審判的鬼魂，卻是一張熟悉的臉孔，一個別殿閻王不久前才剛看過，甚至還因故親臨對方喪禮的人。

她就是大約在半年前左右，不幸往生的方正特別行動小組第一組組長——石婇楓。

4

別殿閻王看著眼前的楓，腦海裡面又再度浮現出過往的回憶，對她來說，這曾經是她最不想要回憶的過往。

即便是神明，也有自己的因果，也有自己必須承擔的東西。

當然，對於這些跟自己的女兒有所關聯的因果線，即便橫跨多年，但是對這位前借婆來說，都是她心中最大的痛。因此每一條因果線，她心中都非常清楚，記憶猶新。

然而這位新任閻王還是仔細地看著記載著楓相關的卷宗……

時間彷彿靜止一般，所有人都靜靜地等待著閻王開口。

還好這些卷宗，並不是真的跟人世間一樣，需要一個字一個字讀，只要一打開，幾乎所有的資料都浮現在閻王的腦海之中。即便如此，閻王還是需要斟酌其中的一些得失，對於不解之處，也應該提出相對的質問。

當這位前借婆再度張開雙眼，凝視著楓的時候，所有人也屏息等待著最後的結果。

「……歸零，」閻王面無表情地說，「這就是妳的審判。過去的種種，或許形成了今生的業，不過已經有一個人替妳承擔了，這本不是屬於妳的因，自然不會讓妳承擔這個果。」

雖然說得平淡，但是這個替楓承擔的人，正是閻王自己的親生女兒，而且還是一個跟隨自己成千上萬年的心頭肉。雖然有萬般不捨，但也只能旁觀。任意操弄因果，有時候即便只是一條小小的線，也可以引發難以置信的蝴蝶效應，這就是新任借婆需要用她的人生去體會的事情。

這些，其實早就是閻王心中有所定奪的事情，但真正讓她苦惱的，還是剛剛閱讀楓的卷宗時，心中浮現的感慨。

看著楓的一生，除了那些因果之下衍生出來、所造的業之外，她已經極盡可能地去保護他人，甚至最後還為了他人犧牲了自己的性命，讓閻王的心中甚是不捨。

「妳……有什麼未了的心願嗎？」閻王問楓。

楓愣在原地，對於這個問題，她腦海中一片空白。

當然，對楓來說，可能想做的很多，不過那些欲望與想法，似乎在死後都變得不太重要了。

看著楓彷彿陷入苦惱，別殿閻王接著說：「當然妳也可以選擇立刻去投胎，依妳這一生的表現，應該可以出生在很不錯的人家，有著不一定值得炫耀，但是卻可以讓很多人羨慕的人生。所以看妳自己的決定吧，這也是我所能為妳做的一點彌補。如果妳有什麼未了的心願，可以說說看，我們再來看看該怎麼解決，或者是妳有什麼想做的事情，都可以說說。」

「我……一定要現在決定嗎？」

「不急，妳還有點時間，妳可以……」

就在別殿閻王這麼說的時候，門外匆匆忙忙進來了一個鬼差，葉聿中見到鬼差的模樣，知道對方肯定有重要的事情，才會在閻王審判之際這樣衝進來。

葉聿中立刻過去，那鬼差也立刻在葉聿中耳邊報告，葉聿中臉色越聽越沉，講完之後，葉聿中立刻交代了幾句，然後回到了別殿閻王前。

「大人，」葉聿中沉著臉說，「枉死城發生暴動，很多亡靈開始躁動不安，朝著牆邊聚集，似乎想要重回人間。」

別殿閻王聽了，也沉下了臉。

「應該就是那些闖入者，」葉聿中一臉不悅地說，「讓他們嗅到了久違的人世間的味道，所以他們開始躁動不安。」

「規模呢？」別殿閻王問。

「正在蔓延中，」葉聿中答，「越來越多亡靈陸續朝牆邊聚集，我已經派人分頭前往去穩住場面。」

「嗯，」別殿閻王點了點頭說，「那你也過去吧，我這邊的審判先暫停，反正楓也需要一點時間考慮。」

「是。」

葉聿中轉身正準備離開，結果一旁的楓突然開口了。

「那個，我可以幫忙嗎？」

葉聿中聽了皺起了眉頭，然後轉身看向別殿閻王。

「喔……」別殿閻王意味深長地看著楓，想起了她在人世間的情況。「我想起來了，妳生前……嗯，阿中。」

「在。」

「把她帶在身邊，」別殿閻王說，「看看她的能耐如何，你不是才剛說人手不夠？」

「是。」葉聿中跟著轉向楓，「跟我來。」

葉聿中說完頭也不回地朝著殿外而去，兩旁的鬼差也跟隨而上，楓向別殿閻王點了點頭致敬之後，也追了上去。

偌大的別殿大廳，頓時只剩下別殿閻王一個人，仰起頭，她長長地嘆了一口氣。

「看來這個位置，並沒有比先前輕鬆啊。」此刻前借婆的心裡，浮現出這樣的想法。

5

情況確實糟糕，尤其是對這個剛成立不久的鬼差小隊來說，連編制都還沒完備，就被迫面對這場動亂。

來到了城邊，葉聿中轉過頭來冷冷地打量了一下楓。

「不好意思，」葉聿中冷冷地說，「我對你們這些人世間的警察沒有什麼好感，我知道你們生前就是幹這行的，讓你們有種來地府應該也可以幹得來的聯想。」

葉聿中用力地搖了搖頭。

「但是這只是錯覺，唉……」葉聿中嘆了口氣說，「我見過太多了，上次還來一個連自己被誰殺了都不知道的阿呆，也是幹了鬼差，但是那能力啊，不提也罷。」

楓沒有回應，只是面無表情地看著葉聿中。

雖然葉聿中說的有他自己的道理，人世間不管是衙門還是警察，跟地府的鬼差都有著很大的區別，但諷刺的是，對於這種無來由的敵意與輕視，對楓來說，可一點也不陌生。

不管自己如何努力，基本上大家都認為她只是靠一張臉，或者是攀關係，因此對她總是不屑一顧，真要說的話，葉聿中的態度已經算是和藹的了，其他人的態度更是赤裸裸毫不遮掩。

「好了，」葉聿中對楓說，「妳就留在這裡幫忙處理一下。」

葉聿中說完之後，又叫來了駐守在這區的兩個鬼差，特別叮嚀他們要看著楓。他可不希望楓還沒接受審判，就遇到了什麼劫難，到時他可是很難跟閻王交代。

葉聿中交代完之後，就離開趕往別區，留下楓跟一些鬼差，負責阻止這些不斷逼近的亡靈。

眼看接近的亡靈越來越多，楓所在的小隊決定先逼退其中一部分的亡靈。

正式行動之前，楓下意識地摸了摸自己的臉頰，想要尋找口罩的繩子，結果頓時想起自己已經死了，根本沒有戴口罩。

這讓楓無奈地笑了出來。

過去「露臉」幾乎可以說是楓最重要的秘密武器，偏偏這個武器，在人世間具有魔力，到了死後的世界，完全沒有效果。

畢竟那魔力對不管是楓，還是對其他看到的人來說，根本就是種詛咒，而不是一種魅力。

面對這急遽的變化，換作是其他人，恐怕早已經崩潰了。就好像一個武林高手，在面對強敵之際，瞬間發現自己功力盡失，甚至連雙手雙腳都被綑綁了一樣。

——但是楓臉上卻浮現出了燦爛的笑。

原因很簡單，因為她終於有了一次機會，可以證明自己，不是靠著那具有詛咒的容貌，而是自身的能力了。

這下楓終於知道了，自己心中真正的想法，也同時有了閻王問自己的那個問題，內心真正的答案。

楓找到了那塊讓自己的心中，缺了一角的拼圖。

6

暴動在鬼差全體動員下，最終獲得了解決。

畢竟這些亡魂只是思念人世間的一切，並不是真的有心要反抗，或者是做出什麼計畫性的暴動。

即便如此，當鬼差們帶著楓回到了別殿閻王面前時，已經是七天之後的事情了。

雖然說楓失去了那種一笑傾城，只需要露個臉，就能夠讓歹徒放下屠刀的能力，但是在方正特別行動小組第一小隊的經驗，讓她面對這種大場面，還是能夠做出準確的判斷。

而葉聿中看到了楓的表現，在缺少具有指揮經驗的人才下，立刻撥了一支隊伍給了楓，楓這才真正發揮出方正特別行動小隊隊長的實力。

楓展現出了很好的調度能力與應變反應，讓她在平定這場暴動中立下了大功，就連原本很排斥警察的葉聿中，也對她刮目相看。

楓的所有表現，幾乎也在第一時間傳到了別殿閻王的耳中。

「妳這段時間的表現，」別殿閻王說，「連阿中都已經認同了。」

站在一旁的葉聿中，淡淡地點了點頭。

「不過回到正題，」別殿閻王問楓，「對於我上次問妳的問題，妳想得如何？有沒有答案了？」

楓仰起頭來望著別殿閻王，緩緩地點了點頭說：「我考慮清楚了。」

別殿閻王挑眉，點了點頭示意楓說下去。

楓轉過頭看向葉聿中說：「我想成為鬼差。」

對於這個答案，別殿閻王顯然一點也不驚訝，她轉向了葉聿中問道：「阿中，你覺得呢？」

「非常歡迎，」葉聿中笑著說，「我真的很缺人啊。」

「好，」別殿閻王說，「既然這樣，這件事情就這麼定了。妳就去阿中那裡，相信他會給妳一個妥善的安排。」

「謝謝。」楓低下了頭，感謝別殿閻王的安排。

就這樣，楓開始了她在黃泉界另外一段鬼差的生涯，她相信自己一定可以透過這些工作，找到自己心中過去所缺少的那片拼圖。

後記

大家好，我是龍雲，很高興在這邊跟大家見面。

寫這篇後記的時候，剛好是二〇二一年的元旦。

回顧去年，除了大家都受到影響的疫情之外，還有很多令人遺憾的事情，有很多熟悉的人、事、物，都離我們遠去。

雖然台灣受到的衝擊相對之下比較少，但是相信在疫情過去之後，有很多事情可能都會徹底改變。這樣的感覺，在這新的一年的跨年之夜，感受更是強烈。

當然新的一年，也代表著新的可能性，我個人來說，去年也確實經歷了許多過去不曾想像的事情，同時也開始了另外一段全新的旅程。

雖然不敢奢求，這一年一切都會有好的結果，但是至少希望不要再像去年那樣有著那麼多的變數與哀慟了。

因此在這邊，真心祝福各位朋友，新的一年可以一切順心，諸事如意。

最後一樣希望大家會喜歡這本小說，那麼我們下次再見。

龍雲

龍雲作品 33

黃泉委託人：逆天行動

國家圖書館出版品預行編目資料

黃泉委託人：逆天行動 ／ 龍雲 著. — 初版. —
臺北市：春天出版國際, 2021. 02
面；　　公分. —（龍雲作品；33）
ISBN 978-957-741-323-9（平裝）
863.57　　109022166

ISBN 978-957-741-323-9
Printed in Taiwan

作者　龍雲
封面繪圖　啻異
總編輯　莊宜勳
主編　鍾靈
責任編輯　黃郁潔
美術設計　三石設計

出版者　春天出版國際文化有限公司
地址　台北市忠孝東路四段303號4樓之1
電話　02-7733-4070
傳真　02-7733-4069
E-mail　story@bookspring.com.tw
網址　http://www.bookspring.com.tw
部落格　http://blog.pixnet.net/bookspring
郵政帳號　19705538
戶名　春天出版國際文化有限公司
法律顧問　蕭顯忠律師事務所
出版日期　二〇二一年二月初版
定價　220元

總經銷　楨德圖書事業有限公司
地址　新北市新店區中興路二段196號8樓
電話　02-8919-3186
傳真　02-8914-5524